ハヤカワ文庫 JA
〈JA1382〉

〔少女庭国〕

矢部　嵩

早川書房
8364

目次

少女庭国 7
少女庭国補遺 69

この本は二〇一四年三月一五日に刊行された作品を改稿し文庫としたものです。

〔少女庭国〕

少女庭国

にわ【庭・場】

①広い場所。物事を行う場所。

②邸内または階前の、農事に使う空地。

③草木を植え築山・泉池などを設けて、観賞・逍遥などをする所。庭園。

〈広辞苑第六版〉

講堂へ続く狭い通路を歩いていた仁科羊歯子は気が付くと暗い部屋に寝《ね》ていた。床の固さで背中が痛んだ。

顔の前に腕があり、ブレザーの袖からセーターの毛羽立ちが見え、ぼんやり周囲の明るさを感じ、ほんの微かに花が匂った。覗いている腕時計の針は十時過ぎを指していて、式は既に始まっている時刻《じこく》だった。軽いまぶたで二三度瞬き、体を起こして頭に触れた。知っている自分のこしのない髪質で、少し頭皮が熱くなっていた。

取り囲んでいるのは白ぽい壁で、見つめて考えたが見覚えはなかった。四角い部屋の中央辺りに寝ていたらしく、床の固さもコンクリートのようだった。違う場所だということをまず思い、何となく辺りを見回してみたが、頭では違うことを考えていたので、あまり景色が目に入らなかった。背中の痛みもすぐ取れた。骨が痛かっただけのようだった。

空気が変わっていると思った。沁みるような肌寒さが消えていて、直前までいた冬の雨の外気と、隔たれているらしいことにまず気が付いた。音の感じで室内のようとも思ったが、しかしどこであるのかは判らず、あんまり頭がクリアだったので、寝ていなかったような気すらした。雨同様に妙な違和感があって、考えるうち周囲に誰もいないことに意識が向いた。つい今まで一緒にいたクラスメイトの姿が消えていて、自分の呼吸が聞こえるほど辺りが静かになっていた。皆の靴音や雨の音、通路の先にあったざわめきもなくなっていて、静かな時の張りつめた耳鳴りが、意識するほどよく聞き取れた。

最前まで何をしていたかを思い起こしてみて、教室を発ち階段、廊下、上履きで外、渡り廊下と、一応順々に行動をなぞることは出来て、全く前後不覚というわけでもないらしいと、自分自身では感じられた。薄い雨の中駆け足になって大勢の同級生たちと中庭を講堂へ進み、そこから狭く真っ暗な直線通路を一列になって移動していたはずだったが、暗転もしないカット繋ぎで、一瞬後この部屋で目覚めていた。髪も服も普通で、何時間も寝ていたということはなさそうだったが、全体的には判らないので、齟齬を頭で戸惑い始めた。制服を撫でながら辺りを見回すと、二つの扉が一瞬ずつ目に入った。

目測の限り部屋は立方体で、壁は石で出来ているようだった。石は模様のある大理石のような白色で、博物館やビルの内装のようだった。天井と床も同じ石に見えたが、そちらは何故かぼんやり光って見え、その光が部屋を上と下から照らしていた。光は微量で部屋全体では薄暗く、遅く起きた昼の、カーテン閉じた部屋みたいだ、と思った。

そこに扉が二個ある感じで、総じて奇妙な光景だった。

手をついた床は冷たくなく、熱くもなく、大理石が光を透かすのかは判らなかったが、手触りは普通の石のようだった。幾ら眺めてもドアと間接照明だけなので、とりあえず立ち上がりうろうろしてみることにした。トイレより広く教室より狭い部屋は一辺が羊歯子の足で軽く十歩程度、上履きで石の床を歩くとぱかぱかと硬い音がした。

あるいは今頃していいるはずだった卒業式の方こそ夢なのかとも思ったが、制服のブレザー、スカート、リボン、教室で下級生に付けてもらった胸元の花と、恰好だけは記憶と地続きで、委細判らず付ける説明も思いつかないが、戻れるなら式乃至学校に戻ろうと思い、へたれた胸の花を付け直しながら近付くと、目の前のドアに取っ手がなかった。

ドアは鉄製で、向かい合う二つの壁に一つずつ設けられていた。一方の扉にノブがなく、蝶番から開閉しうることは判ったが、羊歯子の側からは開けられなかった。反対の壁にあるドアに近付くとそちらにはノブがあり、また他に白い貼り紙もあった。曰く、

平成２６年3月１５日

卒業生各位

立川野田子女学院

学校長　立川野田子

卒業試験の実施について

下記の通り卒業試験を実施する。

記

ドアの開けられた部屋の数をｎとし死んだ卒業生の人数をｍとする時、ｎ－ｍ＝１とせよ。
時間は無制限とする。その他条件も試験の範疇とする。
合否に於いては脱出を以て発表に代える。

以上

という文面の印刷物がセロテープで四隅を留められていた。

指の腹でぎざぎざを押し、羊歯子はゆっくりテープを剝がした。近付いてみると金属のドアは大きさや取っ手、表面の塗装が職員棟のそれとよく似ていて、知らないがここは学校内か、学校の所有するどこか建物なのかなということを思った。試験なるものに心当たりこそなかったが、記してあるのが羊歯子の通っていて今日卒業するはずだったところの学校と校長の名前であり、察するに今の状況のことを抜き打ちテストだという風にも、あるいは取れるのかとも思った。

卒業試験と書いてはあるが、これに落ちると卒業出来ないという風には羊歯子は受け取らなかった。退ける根拠こそなかったが、それではあんまり阿漕であると思えたためだった。最初に思ったのがそのことで、次に思ったのは問題文が変ということだった。文の構造が問題のそれではないような気がし、印象的だったのは死んだ何それという言葉とせよという言葉とが繫がっていることで、それ以上のことは情報量的に意味不だったものの、幾分水の合わない感じ、ちょっと嫌なのりを動員させられるような予感がした。

回避や知らんぷりを志向してあまり向き合わず想像してみたが、何もない部屋に使えるドアが一つあるきりで、考えもあまり広がらなかった。試験にせよそれ以外にせよ、次の行動はドアを開けるのみだろうという風に羊歯子には思えて、他に出来ること（がないこと）をもう一度だけ確認してから、公明の気安さでドアノブを握った。

ドアを開け目に入ったのは石の壁で囲まれた殺風景なぼんやり明るい部屋で、その床のおよそ真ん中辺りに、制服の女子が横向きで寝ていた。

つまり確認出来る範囲、羊歯子のいた部屋と扉の向こうはほぼ同じであり、こちらの部屋の中央に羊歯子が寝ていたように、あちらの部屋の中央に誰か女子が寝転がっていた。

覗き込んだ羊歯子のちょうど真正面に鉄の扉が嵌《は》まっていて、白い紙が貼ってあるのが向かいから確認出来た。間取りがこちらと全く同じだと思い、ふと開いている扉の裏側を覗いてみると、羊歯子がいた部屋のもう一方のドアと同じく、取っ手がそちらには存在しなかった。

ドアはこちらからは開くが、あちらからは無理なんだなということを羊歯子は思った。隣の部屋にお邪魔しようとも少し思ったが、その場合元の部屋へは帰れない様子だった。

仕方なくその場で羊歯子が呼びかけてみると、ややあって寝ている生徒は目を覚ました。

顔見知りでこそなかったが、同じ制服、胸元の花、上履きの色も見慣れたそれで、確認を取れば羊歯子と同じ、今日卒業する同級生と判った。部屋を戻れぬとまずいかどうかは判断に留保のいることだと思われ、扉に寄りかかる位置に羊歯子は陣取り、目覚めた同級生の方を自分の場所へと呼び寄せた。ドアの上部には手を離すと勝手に閉まる例のあれが付いていて、やはり一旦ドアから離れると、前の部屋へは戻れない仕様のようだった。

「悪いけどこっち来れない」

「何？」寝ていた隣室の子は辺りを見回し、状況を確認し始めた。

知らない子だったが物腰に異常者の気配もなく、見た感じカーストも近しい気がしたので羊歯子としてはそんなに気負わなかった。群れると判らないがとは内心で考えてはいて、わけの判らないこの状況で一人ではないことは、良し悪しそれぞれどれほどだろうとも思った。「名前訊いていい？」

「私？　村田です」

「村田何さん」

「犬の子で犬子あなたは」

「かわいいね私仁科」犬子に羊歯子も名乗った。

知らない同士新学期くらいの距離感で二人は情報交換をし、卒業式、移動中、気付けばここにの共通項を確かめた。体験を当座の話題にし、何なんだろうねの感想から共有していき、何度か会話を周回させてから、現状の詳細な把握に話を運んだ。

「今何時」

「十時三十三分」訊かれた羊歯子は自分の時計のブルーナの人類が描《か》かれている文字盤を読み上げた。

「始まってるよね」犬子も卒業式に言及した。最後の記憶から時間的にはそう経っていないので、どこであれここは学校からもそう離れてはいないものと思われた。窓の類がないことに思い至って、あるいは地下室なのかなと羊歯子は仮定してみた。

隣室を見た段階で予想は出来ていたが、貼り紙の文面についても全く同じ内容だった。他に何もない確認と沈黙の後、ひとまず文章でも一緒に読んで検討しようかということになり、それぞれがそのA４のコピー用紙を覗きこんだ。持って回ったいい回しに一読嫌味な感じがしたが、話に付き合ってみると試験の合否如何で自分達がここを出られるように読めた。

「どう思う」

「わっかんない」ぐだぐだと二人で話し合った。話し合いの結果、

・受かると脱出か落ちると脱出なのか厳密には判らないが、逆ではあんまり阿漕であるので、受かれば脱出なる何かが行われる／行えると読める。（試験合格で多分脱出出来る）
・その他の方法ではここを出られないと取れる。少なくとも試験に沿う形でしか状況が記されていないので、あちらからの働きかけでここを出ようとすると、とりあえずは試験を受けることになると思われる。（合格しないとここを出られない）
・合わせて考えると阿漕な話であり、阿漕な話を自分達が実際にされているのであれば、阿漕だからないだろうと退けられる可能性については、常に検証の余地があると思われる。予断せず不測の事態を警戒して行動することが望ましく、当座のところでは本当に卒業出来ない、時間無制限にここを出られないという事態が発生しうるものと仮定し、それを回避する方向で行動を取ることにする。（なめない）
・具体的には試験の合格に向けて閉方向的に行動していくが、そうはいってないよ系のひっかけ、細かくトラブル起こさせる系の伏せごと、読み解かねばならないニュアンス等の有無、合否脱出の厳密な条件の検証、その他試験に沿わない形での解決を念頭に置いた開方向的な発想や検証も常に忘れず心に走らせておく。（ラストで驚かない）

・非常時の行動を意識する。（押さない、駆けない、戻らない）

というような合意を言葉で形にしていった。特に最後が一番大事で、これを守らず行動することが最もトラブルを呼ぶだろうことを強く確認した。火事ではないので喋らないは外したが、これら方針を念頭に置き落ち着いて判断することを常に心掛けていれば、たいていのシチュエーションでパニックを起こさず、慎重な行動を取ることが出来るものと思われた。

試験の内容に向き合うと二人の気分は少し曇った。卒業試験というこれはよく読むと問い解きでなく、体育や音楽などのいわれたこと出来たら合格という実技系の課題であるように読めて、自分たちの取るべき行動を書かれるままに考えてみると、どうも誰かが死ぬらしかった。いわんとするところを順に考えてみるとnにせよmにせよ0を除く自然数が入ると思われ、手で部屋をマイナスに出来ない程度にはドアを開けられた部屋とは間取り上2から存在してしまうので、死んだ卒業生は最低1人必要になる。m＝0を行動出来ない以上、とんちを使わない限り誰か死なないといけないようだった。

先立って扉を開け不可逆な決定をしたことを羊歯子は幾分後悔したが、隣室の同級生犬子は特別それを責めたりはしなかった。畢竟ドアを開けるくらいしかその時出来ることがなかったのに対し、今確認すべきことは他にもあるためだった。

「何だな大変だね」犬子がいった。感想のようだったので羊歯子も同意しておいた。犬子の胸元には多分鈴蘭とかそんな感じの花が留められていて、花の似合いも判らなかったが、それは犬子に悪くない気がした。立女の敷地の内一番奥まった一角には校舎と比べてやや古びたガラスの温室が建っていて、広いそこでは様々な種の花が季節を問わず山程栽培されていた。生徒も花もここで立派に育ったねということがいいたいらしく、温室で育ち咲いた花は校舎を巣立つ日の卒業生の胸元を飾り、字通り式に花を添えることになっていた。毎年のそれが習いなのか花は生徒にそれぞれ異なり（全員違う花という訳にはいかなかったが）、誰にどの花が贈られるかは、人を見て決めるとも誰も決めていないともいわれていた。

造花ならまだしものその生臭さは下級生の時分から羊歯子の目には気色悪く映り、いざこうして今日飾られる段になってみてもその印象は変わらなかった。自分の貰った花を改めて見下ろしてみたが、それが何という花か羊歯子には判らなかった。

試験に沿ってこの二人で行動する場合、どちらか一人が死んだ卒業生になるというのがひとまず解であると思われたが、先に確認しておくべきことはあった。犬子の寝ていた部屋にも同様に二枚目のドアがあり、こちらにもやはり取っ手が付いていた。

離れるドアにはドアストッパーを用いることにし、ドアストッパーには上履きを使った。最初のドアに羊歯子の右靴を、次のドアに犬子の右靴を挟み、第三の部屋に二人で向かった。

第三の部屋には第三の生徒が寝ていて、二人の物音で目覚めたようだった。

「お邪魔します」

「ごめんなさい」靴下を直しながら犬子がいった。

「あなたも三年？　閉じ込められたの？」

「わっ」寝そべる所に話しかけられ第三の女子は慌てて身を起こした。「えっ何ここ」

「閉じ込められたの」

「誰が」

「あなたが」

「私？　私閉じ込められたの？」

「恐らくはね」犬子が頷いた。「あなたは閉じ込められたのよ」

手順を繰り返し第三第四のドアが開けられ、第四第五の卒業生が起こされることでその目を覚ました。羊歯子が目覚めてから既に一時間以上経っていたが、訪ねる前に起きている子は今のところいなかった。

「わっ何何何」六番目の部屋の子は目を覚ましてまず部屋に驚き、見知らぬ五人の女子に驚き、状況を説明し理解してもらうのにも随分と手間がかかった。

「ここどこ誰あなたたち」

「私仁科他四名、あなたたここってどこだか判る」

「何？　どここ」女子は辺りを見回した。「何の部屋？」

「あなたも気付いたらここで寝てたの」

「私が何？」

「歩いてたらここに寝てたんじゃないの？」

「ていうかあなたら何」

「私らも気付いたら閉じ込められてたの。卒業式行く途中だったんだけど」

「卒業式？　終わったの？」

「判んない。あなたも気付いたらでしょ？」

「何が」

「閉じ込められてんのが」

「私閉じ込められてんの？」

「多分」

「まじ何で」

「知らないよ。あのさ、説明するから聞いてくれる?」

「いいけども」

「私たちも閉じ込められたの歩いてて気付いたら意識なくて。起きたらなんか知らない部屋じゃん。ドア開けたら隣でも人が寝てたの」

「どういうこと?」

「よく判んないけどそこの紙見て」

「何この紙?」

「私らのいた部屋にもこれ貼ってあったの。怖くない?」

「どこ貼ってあったの?」

「いたとこ」

「学校?」

「じゃなくてさ」羊歯子は当惑した。「え、いってる意味そんな判んない?」

「説明下手じゃないあなた」

「順追って説明するとね」五番目の部屋の子が羊歯子に代わって口を開いた。「私たちも気付いたらここにいたんだ。ここがどこかも判らなくて。今ここに六人いるけども、一番最初がこの」その子が羊歯子を見た。「仁科さん?　仁科さん。紙描いた方いいかなこんな感じ」

五番目の子は内ポケからボールペンを取り出し、試験の紙の裏に人と四角とを描いた。

「仁科さん起きたら知らない部屋にいたんだって。一人でね。で、ドアあるから開けたら、隣にも同じような部屋があって、そこに彼女」「村田です」「寝てたんだって村田さんが。で村田さん起こして、またドアがあったから開けたら部屋があって、そこに今度はこの」「柴田です柴田」「柴田さんが寝てたと。で三人で次のドア開けたら今野さんだよね。今野さんが寝てて」

「部屋が幾つもあるの？」絵を見て六番が理解を示した。

「そうなの」五番は頷いた。「あなたの名前教えてくれない？」

「私？　森山志賀子です」六番目の女子は答えた。

「私生沼組子よろしくね。五個目の部屋にいたの。一気に聞いても覚えらんないよねえ名前」話しつつ五番目の子は四角を六つ描き、それぞれの部屋に棒人間を記した。「これで判る？　右端が今いるこの部屋ね。私たち一人ずつ起こされて、順々にここに集まってきたの」矢印を集めた。

見て来たように話す五番目の組子を見ながら、羊歯子もこの見知らぬ石の建物の俯瞰を思い浮かべようとしたが、ただ部屋が連なっていること以外判っていることが何もなかった。横並びの何もない部屋の中心に女生徒が一人、部屋の隣に部屋があり、その中心にまた寝ている女生徒、その部屋の隣にまた部屋があり、また中心に一人横たわり、その次も同じ、その次も同じ、と、延々続いているような絵が思い起こされ、ここまで六部屋そうだったように、この先何部屋かこんな感じなのだろうかと、根拠こそなく想像をした。建物のそれ以外の部分がどうなっているのか、廊下や違った部屋があるのかは当然判らなかった。

おおよそ状況が周知され直したところで、何となく一同その部屋に留まっていた。羊歯子と犬子は壁際に少し間を空けて座り、六番目志賀子と五番目組子は部屋の中心辺りにいた。三番目の柴田藤子は手持ち無沙汰にドアの手前であぐらをかいていて、四番目の今野君子は壁沿いに何故か歩いていた。微量とはいえ床が照るので、少し目が痛む気がした。

「圏外だ」持っていた携帯を見て四番目君子がいった。

「今野さんだっけ。全然駄目気?」

「無理そう」電波を探して今野君子はいった。「持ってないの皆さん」

「私ある」「あるけど私も圏外」「壁石だから?」「いやあ」

「つまりこういうこと」六番目志賀子が訊ねた。「ここがどこか判らないけどドアで繋がれた並びの部屋があって、そこに一人ずつ寝かされてたの？　全員立女だよね。皆三年生？」

「そう。卒業式前だったわけじゃん」話が進んで五番目組子が笑った。「ここに来るまでに確認したんだけど、来たどの部屋も同じ作りしてたんだって。だから想像だけど、大きな石の建物があって、その中に一並びの部屋があるのかなって。何部屋あんのか判らないけど」

「本当だ」立ち上がり一つ前の部屋を志賀子は覗きこんだ。「おんなじ部屋だ。何なのこれ」

「ドア閉めないよう気を付けて」羊歯子は一応声をかけた。「閉めたらこっちから開かないから」

　いわれた志賀子は上履きとノブのないドアとに気付き、無言で了解したようだった。これまでのドアにはそれぞれ上履きを挟んであり、志賀子を除く五人全員今右足が靴下だった。

「戻れないと困るの？　何かあるの奥に」

「判んない」羊歯子が答えた。「何となく」

「何かささせたいわけじゃん、閉じ込めた人は」君子が床に座りつついった。「ドアノブわざわざ取ってるんだから、戻られると困ると思ってるわけじゃん、その人は」

「ふん」

「つまりこっちからすると逆に、戻れないと困るとかさ、なるかもじゃんもしか。判んないけど。というか閉じ込められんの怖いし」

「成程ね？」

「紙は読んだ？」志賀子に組子が訊いた。

「この紙？」幾分打ち解けたのか志賀子は組子の隣に腰掛けた。「卒業試験の実施」

「一応読んどいた方がいいかも」軽い感じに組子はいった。

閉じ込められていた六人は皆が立女の三年生で、講堂へ向かう暗く狭い通路を歩いていたとめいめい自分を語った。話してみると六人が六人とも知り合いではなく、そのことは幾分奇妙でもあった。知人の知人で繋がるまでの何とかさんの法則というのがあったが、この場合別なのか知人の伝手すらも思うよう見出せず、何より狭い学校で三年から過ごしておいてはっきり互いに見覚えがないというのも、六人続けばおかしな話ではあった。卒業生という以上の接点が見つからないので、想像も上手く形を成さず、もしこの先もドアの向こうに部屋が続くとして、ここには一体何人が閉じ込められているのだろうと羊歯子は思った。

「じゃあみんな歩いてる所だったんだ。あの通路で何かあったのかな」

「何かガスとか嗅がされて、攫われてここに運ばれた的な」

「かもね」君子が前を開け、カーディガンの腹で眼鏡を拭いていた。

「何でこんなことさせんだろうね。何なんだろう目的とか」

「本当に校長なのかな」犬子が伸ばす脚を組み替えた。「どうすれば外出れるんだろう」

「進めば出口があるはずでしょ」組子が立ち上がり前屈をした。健康そうな背筋をしていて、運動好きそう、戦ったら負けそうと羊歯子は思った。「どっかから入ったんだから」

「進むってドア開けて？」振り向いて志賀子が訊いた。「どこまで進むの」

「判らないけど、そんなに大きくはないはずだよ」

「何が」

「この建物が」一人差し指を立てて組子は上の方を指した。「この部屋がこれ大体五メートルくらいでしょ。一辺。もし仮にこんな感じに部屋が一列に並んでるとして、六部屋で三十メートル十部屋で五十メートル、大豪邸になるわけじゃない」

「学校くらい？」

「学校はさすがにもっと広いんじゃ」

「例えばさ」君子が訊いた。「ここが学校の地下とかだったら？　敷地直線でもっとあるんじゃ」

「すると何十とあるかもだ」部屋が、といって組子が笑った。

「本当ね」君子も頷いた。「間取りだって別に全体判んないし、とにかく何がどうなってるのか出来るだけ調べてみたいけど。どうしようかこの後」

「も少し進んで確かめてみる？」何故か羊歯子に犬子が訊いてきた。それには羊歯子はやや反対だったが、場に意見を立てるのが嫌で、軽く肩だけすくめてみせた。

「これつまりどういうこと？」試験の紙を読み返していた志賀子が誰にとなく訊いた。

「私らはつまり何すればいいのこれは」

答えかねた羊歯子は少し視線を落とした。犬子や君子も答えなかった。

「だからね」一番近かった組子がまた絵で描いて説明した。「ドア開いてる部屋がnでしょ」

「はい」

「これ部屋ね、ドア一つ開けます、ドアが開いてる部屋は幾つ？」

「どっち。二つ？」「そうだよね。多分だけど。それで一部屋に一人いるみたいじゃん人。全員卒業生じゃん。死んだ卒業生の人数がmでしょ。今幾つ？」

「0」

「mをnマイナス1にするにはどうする」

「一人死なす？　私らを？」

「うん」

「ええ」声を上げ志賀子は一同を見た。「まじ？」

「わっかんない」前髪を押さえて組子が首を振った。「まじだとやだねっつってたのだから」

「早く出ようよ出口探して。無理ぽいの？」

「判んないじゃん。確かめてたの」羊歯子が答えた。「だけどドア開けても同じような部屋が何個も何個もあるだけで、何か出らんないぽいかもなってさ。今それで六部屋目」

「もっと確かめてみなくていいの？」

「でも動く程死人増えるわけじゃん」低テンションで君子がいった。「大事なことだけどさ」

「何で？」志賀子が君子に訊いた。

その質問に逆に羊歯子は驚かされた。説明そんな下手だったかなと思った。

「判んなかった？」

「今部屋が六部屋目だからさ、死ぬ卒業生は五人要るんだよ」

「出口探して移動するのはそりゃ構わないけれど、その分死ぬ子が増えんだよ」

「ん？　何」志賀子は眉をひそめた。「何で？」

「だからね」眼鏡の君子がいった。「ドア一つ開けるとさっきの通り誰か一人死なきゃじゃんいう通りすると。二つ開けたら二人じゃんそれが。三つ開けたら三人じゃん。いってる意味判る？　今五個ドア開けたからここにいる内五人死ななきゃいけなくて、つまりこの六人の内一人だけしか生きてここ出られないんだよ。見たことないそういう映画」

「この卒業試験の話？」

「そうよ」そりゃそうよと君子がいった。「いってる通りだと移動するほど誰かが死ぬことになる。それも多分これ、自分らで殺し合いなさいってことだよ」

「そう読めるの？」

「うん……」君子は頷き、自分が悪いのかという顔で他の子を見やった。

「ふうん」諭された志賀子が首を傾げた。「やんのそれ？」

問われて一同が少し黙った。

「黙るのはやる気？」

「やる気はないけど」

「よかった」志賀子はほっと笑った。「しないならそんな何でも関係ないじゃん」

「そうだけど」

「つまり殺し合いとかしろってことでしょ。一人だけ生きて外出れますよって」

「あ、そういうことだったの」ずっと静かだった三番目藤子がいった。「一体これ何の話かと」

「しろっつわれたってやんないでしょそんなこと。じゃ別に関係ないじゃん」

「そうだね」「じゃ出口探し行こうよ」「うん……」

志賀子を先頭に六つ目のドアが開けられた。ドアの幅的に一列になって移動をすることになり、示し合わせたわけでもなかったが全員で一緒に行動をした。

ドアを開ければやはりその先は薄暗い石造りの部屋と寝ている卒業生の姿があった。予想はしていたが羊歯子はげんなりし、これで七人と胸で思った。起きた新入りの卒業生女子には、組子が率先して事情を説明していた。

「お腹空いた」体を捻って犬子がいった。「今何時？」

「一時」

「十時五十分」

羊歯子と志賀子が同時に喋って、互いの言葉に顔を見合わせた。

「時計？」「時計」「私携帯」「時間ずれてる？」「故障かな」「どっちが」

皆に声を掛け時間を確かめることになった。犬子他時間の判らない者もいたが、総じて判ったのはその場の時計がそれぞれずれているということだった。一つずつ見比べてみると一番進んでいるのが羊歯子のそれで、名前でいうと藤子、君子、志賀子の携帯が順に続き、最も遅れているのが今起きた七人目（奥村鉄子）の腕時計で、針はまだ十時を過ぎたばかりだった。

「つまりどういうこと？」君子が黒い眼鏡を上げた（少しかっこいいなと羊歯子は思った）。「奥の部屋にいた人から、順に時計が進んでいるね」

「来る前はずれてなかったと思うよ」一応羊歯子は申告した。

「時計が何？」七人目がおずおず訊いてきた。携帯組はいわずもがなだった。

「どう思う」君子が振り向き背後の組子に訊ね、問われた組子はただ首を振った。何か相談相手選んでるな、とそれを見て羊歯子は思った。各人の使える使えないなど、ここまでだけでも量られたのかもだった。

「まあ判らんから置いとこう」誰となく君子が呟き、志賀子が次の扉を開けた。

七部屋抜けた時点でただドアを開け移動するだけのことが存外時間を食うのだなと羊歯子は気が付いた。ここがどこかも判らないことやドアが一通なことから何となし分断を恐れ全員で動いていたのだったが、一人起きる度何が起こっているのか説明し、判ること判らないことを共有していると、どうしても行動は遅々としてくるのだった。

開けても開けても部屋が続くのを見て、では自分のいた部屋の一つ手前はどうなっていたのだろうとふいに羊歯子は考えた。

どうして自分が先頭だったのか、何故自分の部屋は誰も訪ねて来なかったのか、何でも先頭はいるに決まっているので誰かはなるわけじゃんというのがまず思うことではあったが、疑問の形で心に抱えておいた。

部屋の数に意味があるかは判らなかったが、判らないなら確かめようということにその場ではなった。十なり十二なりのおいしい数を区切りに終わりなり変化なり何かないかと一同期待をしたが、果たして何もなく、ただ同様にドアと石の部屋が続いているだけだった。

十部屋目を確かめたところで羊歯子は背後を振り向いた。上履きの挟まった薄開きのドアがあるだけだったが、もしドアが全て開いていれば、合わせ鏡のような同じ石の部屋の景色が既に五十メートル先まで遠近法で並んで見えるはずだった。

右だけ靴下の女子の集団は増え続け、十二部屋を過ぎても間取りは想像通りだった。それ以上無闇に進み辛く思えたのは、変化が見えないのが一つ、試験の内容に沿うと進むほど自分たちから死人が出るのが一つ、もう一つは何もない同じサイズの石の部屋が、だんだん人間で一杯になってきたためだった。

「疲れたな」犬子が呟き、いいやがったこいつと羊歯子は思った。変わらない状況のこともあったが、見知らぬ人間十二人と動かざるをえないことも合わさるといちいち面倒に拍車がかかり、いざ動いてもやりにくさがあった。何度目かも判らない説明や勘違いを繰り返しておいて事態がよくなるかも判らない、どころか刻々悪化しているかも知れないとなるとやってられない不毛さがあり、慎重に動こうなどといい出したのも自分たちだったことを思うと、愚痴もいいにくい石の部屋の人ごみに羊歯子は強い息苦しさを覚えた。まだ十三部屋続いていただけだが時計は午後四時、羊歯子がこの石の建物で目覚めてから既に六時間が経過していた。もし同じモデルでこの先も石の部屋が連なっているとして、最終的に何部屋になるのか、卒業生はそんなにいないし、千も二千も続くまいが、とげんなりしながら思った。

卒業生だけ閉じ込められているのかも判らなかったが、仮に二百名ほどいる卒業生の全員がここに閉じ込められているとして、「最大あと二百部屋か」思わず呻きが漏れた。

　集団が十三人を越えると最初期に違う行動の取りようはなかったのかという意見も出て、考え得るだけ最善に動いた旨を組子なり君子なりが他の子に向け説明していた。この不毛な空間が十三部屋から続いていることは今の面子に自明なのであって、自分たちは本当に出口がないか確かめなければならなかったこと、この先どこまでこの構造が続くか判らないこともあくまで今この場で認められるのであって、そうと把握すること自体は必要な手順だったという感じの釈明だった。二桁のパーティになってみると先頭だったというだけの羊歯子は発言でも埋没し始めていた。性格的にリーダー向きの子や、声のでかい子が別にいたためだった。

　真に状況を明らかにするならば勿論建物の突き当たりまで全てのドアを開けてみる必要はあったが、既にして随分長大なこの石造りの建物自体を不気味に思う向きが多勢だった。大まかに進むか戻るかから考え直すことになり、最終的に最初の部屋まで戻り、開けられない方のドアの破壊が試みられたが、へこんだかしらという程度の結果に終わった。

「誰か何か持ってないの。工具的な何か」

「持ってるわけないじゃん」君子が皆を見回した。「ないでしょ」

「ナイフならある」君子に応えて恐らく九番目辺りの子が上着のポケットからいった通りの物を出したので一瞬ひやりと場が凍りついた。折り畳まっていた薄い刃も取り出して見せてくれたが、ねじ穴もない鉄の扉を壊すなり出来る感じではなかった。これから卒業式という時に何故そんなもの持ってるとは誰も訊かなかった。たまたまかも知れなかったが、携帯のようには受け入れがたかったし、誰もその子の知り合いではなかったし、少し根暗そうな風貌も相まって自然一同は距離を取った。殺し合いという言葉が久し振り羊歯子の頭をよぎって、手詰まりの部屋に重く低く響いた。幸い九番は華奢な感じでバトルの得意そうな様子でもなかったので、背を向けないようにだけ気を付けた。出されたナイフは簡単にいえば疑心暗鬼の種で、一人が隠し持っていた物を他の子が持っていないと考える道理はなかった。しないでしょそんなと先刻笑った志賀子を見ると、志賀子の方でも周囲を窺っていた。

戻る途中のドアが混むせいか、誰かと足が絡んで五番目組子がつんのめり転んだ。そう大事ではなさそうだったが、知らない同士が祟って貸す手をお見合いしてしまった。組子と打ち解けていた志賀子を探すと先に行って転倒に気付いていないらしく、組子は黙って立ち上がると、痛めたか左手を隠すようポケットに入れ歩き出した。弱味を探ろうとする者こそいなかったが、その上声をかけるに気後れする素振りだった。

大勢になるほど人間はみかけ頭が悪くなるので、確認ばかり何度もされた。現在パーティは十三人、卒業試験なる事由で石造りの建造物に閉じ込められている、十三の内十二人の死人を出さないと試験は終了しない、生き残る一人が恐らく合格でここを出られると思われるが確かではない。ドアの先にはドアがあり、部屋の奥には部屋があり、合わせ鏡の中の景色が悪い想像でなければドアを進むことは端的に不毛であり、停留所は最大で二百から先と思われ、あるいはそれすら希望的観測だった。比較的安易に出来る確認をし終えたところで、トークの話題は尽き始めていた。ひしめき座る同級生たちは十三人いても顔見知り同士が存在せず、友達の繫がりすらやはり不自然に存在しなかった。

「あなた何組」

「私二組」

「本当に？　私も二組なんだけど」

「お互い知らないの？」藤子が訊いた。「どうなってるんだろう」

判らないことが増えたばかりで行動肢は増えも減りもしなかった。想定していたよりもこの拉致監禁に犯人がコストを掛けていることの他、意図も意義も判らず、ただ脱出の難しさだけが何となく腑に落ちて爪先に広がっていった。

物のない部屋で時間の流れは遅く、それでも半日分時計の針は進んだ。

凪の時間ではもう少しだけ細かい見解が出た。

曰く「生き残ったら合格とは書いてないから、死んだ子も別に合格なんじゃないかな。じゃないとずるいよ合格者ばっかり、三年勉強して中学も出れんとは」

曰く「ドアが開くまで起きない、人が来たらすぐ目覚める、薬としても不思議だね。十分で一つドアを進んだとして十二人目で二時間、二十四人目で四時間ブランクあるのに。もう半日ここで立ち止まっているけど、向こうからノックされたりもしない」

曰く「こうしている内に向こうのドアの人が目覚めていて私たちが開けないうちに次のドアへと進んでいたら？　開けても空の部屋が続いて、私たちが開けた部屋の和と人数の和とに開きが出れば何人も生きて外に（問題を読み直し関係ないと気付いて黙る）」

「五人とかで試験が終わったら部屋にいる六人目以降はどうなんだろう」

「六人目が先頭になるのでは」ぞっとすることを組子がいった。では自分の部屋の一つ手前では誰か死んでたりしたのだろうかと羊歯子は思った。「それじゃ出口はどこに？」

「壁が回るのかも」誰かいい、しばし全員でからくりを手探った。

「校長は見た？」

「今日教室しか行ってないから」

「喋ったことってある？」

「今までに？」

「見たことは」

「あんま見ないけど」

「お辞儀されたら返したりはするじゃん」

「朝礼とかではしょっちゅう見るじゃん。校長室だって、別に用とかはないし」

「本当に私ら校長に閉じ込められたの？」

「名乗ってるし自分で」

「一人じゃ出来ないじゃんでも。運んだりは」

「何でこんなことするんだろう」

「わけ判んないね」

「おばさんじゃん見た目普通の。実はあれだったの、乱歩の金持的な」

「そっかあ。でもやだね」

「卒業生って毎年みんなこうなの？　それともうちらだけ？」「聞いたことないし」そんなのと誰かが嘆いた。「わー、やだな、おかしいもん」

その後先生出してください的呼びかけも一応皆で虚空に済ませた。曰く「でも私十人目でよかったな。目え覚めて部屋の中に五十人とか百人先にいたかも知れないのだし。場合によっては起きてすぐ、状況知る前に殺されたりもしうるし」

トイレは決められた。全員空腹で喉も渇いていたが、全員のポケットから出てきたのは飴ガムばかりで、一応奪い合いにはならなかった。朝も夜もなく淡く光る部屋に雑寝し誰かの時計で一日や、二日や、一応情報は皆で共有された。口寂しさに物を探って胸の萎びた花を齧る子もいたが、毒があったら嫌なので羊歯子は我慢し空腹に耐えた。鈴蘭に毒があっただろうか、犬子も羊歯子と共に最も腹の減っているグループだった。終わりの近い感じはしたが、何ではい終わりとなるのか筋道は羊歯子には思い浮かばなかった。毒があり、武器があり、食糧はなく、椅子は一つきり、猜疑心も幾らか場には臭い始めていたが、リングが沸くような気配はなかった。誰も元気がなく、もう一つドアを進んでみたらという意見も出たが、巻き込まれる次の子もいい加減不憫な空気だった。「寝てんなら寝かせといてあげようよ」そう誰かがいって、相槌はあり、つっこみはなかった。

「腹減った」

「いうな」

「耐えてどうするのこれ。もしか今我慢勝負なの」

「外はどうなってるんだろう。大騒ぎなってないの。二日とか経ってもまだ見つけられないの。誰か先生疑わないのかな」

「何なんだろ本当」誰かがしくしくし出した。羊歯子は最前から膝の間を見ていた。鼻先に一瞬焼き肉のたれの匂いがし、卒業式の後は懇親会の予定だったことを思い出した。学校の中庭で簡単なお茶とお菓子が食らえるはずだったのだが、もう既に過去のスケジュールだった。校舎の間、日の差すレンガ敷き、花壇とベンチはごみもその実多く、人もそんなに好きではなかったが、ここより幾らも素敵な時間を過ごせたろうと思えた。

「おいしいもん出たろうな」

「試験というが私たち何を試されてんだろ」今更なことをいい出したくらいだからその子はきっと後の方で起きた誰かだろうが、俯き泣いていた羊歯子にはそれ以上は判らなかった。誰も反応しなかったのでその子は一人喋り続けた。「この問題で最も大勢助かろうとしたら方法は一つじゃん、一人がドア開けて隣の部屋の子殺せばいい。そしたら二人に一人が助かる、その次の部屋の子が先頭になるとしてもやはり半分助かる。百人いたって五十人出られるもん、これが一番に決まってる。少なくとも私たちもう十三人に一人しか生きてここを出られない計算だ。どうしてこういうことにしちゃったの」

「何も確かめずたま取ったれとはいかんよ」

「相手がごみなら出来るわけじゃん。それがこの試験の正解だったんじゃないの？　何か確かめるなんてのも方便で、本当は私たち一緒いる相手が欲しかったんじゃない。わけ判んないとこで同じ目遭ってる誰かと話したくて、何かやだねって言葉にしたくて。自分一人で決めてやるには、全てがあんまり怖いことだから。人の他頼れる物のない場所で誰も頼まず一人でいること、一番いいことちゃんと自分で考えて決めて一人で実行しなきゃ私らはいけなかったんじゃないの？」

「ふうん」「判る」誰かが相槌をした。

　腹の足しにもならない話題で、気のないコメントが返ってくると一席ぶったその子も静かになった。羊歯子もいい加減具合は悪かったが誰かが話せばそうして耳はそばだてたし、場としてどういう空気なのかは意識せずとも気にかけていた。知らない場所に閉じ込められて一人より二人を心強く思うことを悪いというならばそうかという気はしたが、殺されるほどけしからぬこととは思わなかった。

「ちょっと出てくる」声に顔を上げると一人がドアを開けようとしていた。

「どうしたの」慌てて君子がその手を摑んだ。

ぼうっとしてその子は君子を見下ろし、そうかと呟いた。「出られないのか」

「やだなもう！」

誰かが叫んだ。「気が滅入る！」

「何か楽しいことしようよ」もう一人のっそりとその場に立ち上がった。

「ちょっと立たないみんな」

おもむろにぐいぐい動き出したその二人の女子を、羊歯子は蹲ったままぼんやり見上げていた。

それまで仕切る風だった君子や組子なども、疲れが出たのか座ったままだった。

「立てるでしょ。寝ててもしょうがないじゃない」

「ほら起きて並んでっ」手が二回叩かれた。「ラジオ体操するよ」

「体操？」

仕切られるまま十一人はだらだら立ち上がり、三列になってラジオ体操を踊った。ぶらぶら手を振り声なども出した。踊り終えると屈伸や伸脚をし、第二が謎いのでその後ストレッチをした。前に立って場を仕切るのは十二番目と最後に起きた子、十二番目が芝山何子で最後の子が木村山何だかという風に確か名前をいっていた（聞いていなかった)。芝山の方は七十あるのか背が他の子と比べ頭一つ以上抜けていて、反対に木村山の方は十三人の中で一等背が低かった。小学生みたいな木村山はいった。「古今東西何か楽しいこと」

「(パンパン)テレビ」

「(パンパン)二度寝」

「(パンパン)パーティー」

「パーティーをしよう」パーティーをすることになった。

最後の部屋で車座になり、全員残りの上履きを脱ぎ、脱いだ上履きにそれぞれが花を挿すと、輪の中心に立てて飾った(食ってもうない子はリボンを添えていた)。体を動かしたせいか具合の悪さが幾分回復していて、ぼうっとしていた頭にクリアさが戻ってきていた。

「すごいなラジオ体操」腹をしまい直した羊歯子の隣で、犬子が髪の分け目を直していた。

「始めませパーティー」「司会の木村山です。この度は皆さん災難でした。よくない話は山積みですがくよくよしないでいたいものです。それでは皆さんお手を拝借乾杯の音頭を取らせていただきます」雑なイメージで見知らぬパーティーが始まった。「他人同士私たち共通点こそありませんけど」「ないの」「なくはないね。卒業生だものね。それじゃんな折角ですしこれをもち出られなんだ卒業式に代えられればと思います」

「式の代わり？」

「形ばかりですけど？」

「そうね？」誰かが同意を返した。「自分らでしてしまうのも」

「賞状作ろうよじゃあ」組子がいい紙の裏に何か書きだした。ボールペンだが結構達筆で、それぽさが今一足りない文面の卒業証書を即席で拵えて見せた。

「卒業証書。森山志賀子さん」

「私から？」恥ずかしげ志賀子が立ち上がり皆の輪の中で証書を受け取った。「ありがとう」

　順番に全員が裏紙を渡された。茶番に拍手はまばらげだった。

　羊歯子も受け取りまた輪に戻ると、隣の犬子が笑顔で言祝いでくれた。

「門出を祝して！」

「やれ乾杯！」杯はないので配られた飴を皆が一斉に呷った。

　卒業式が終わりパーティーが始まった。隣を気にしつ誰もが足を崩して、ごっこの照れ臭さから感想をいい始めた。

芝山が携帯に入っている音楽を流し、スピーカーから流れる音が歓談の場を遮り、伴奏に呑まれた話題は小さく幾つもに分裂して、互いに負けぬようそれぞれざわめき始めた。

「このあとどうする？　演し物とかする？」

「どうしようか」

「持ちネタあるよ私」「木村山さんもしかこういうの好き？」

「今野さんは部活とか何してたの」

「文芸部」

「へえいいね。私は陸上」

「長距離？」

「短距離」

「本当いいね。どうしたの急に」

「だって何かお見合いみたい」「そう？」

「絵で描くの？　下手だよ私」

「いいよいいよ。見せて見せて」

「えーああ、ああ、ああ」

「何これ毒?」「うちのチワワ……」

「私この曲嫌い」

「判る」飴を含んだまま犬子が羊歯子に微笑んだ。「すげえ気持ち悪いよねこの人歌い方」

「やばいよねさぶいぼ立つもん」羊歯子も笑った。「生まれて来なきゃよかったのに!」

DJはというと素でファンらしく、自分で掛けた曲を自分で口ずさんでいた。曲の俗っぽさが石造りの部屋に反響して、何となく二三日前までの自分のテンションを羊歯子は思い出した。浮世の商売の匂いが空きっ腹に随分と心地よくて、卑近な物はいいな、安心するなと強く思った。見もしないテレビを体が求めていて、小うざいバラエティの音がどうしても今聞きたくなった。

「私はネットしたいな」犬子が上体を傾けて唸った。「マイリス流してたい」

「あのさーあ」

八番目の飛鳥今日子が全員に呼びかけるように手を挙げた。「謝ることあって私」

「誰に」

「皆に」

「どうしたの？」

「実はね」内ポケに手を入れて今日子は勿体ぶった。「こういうものを私持ってて」

出た物を見て志賀子が絶叫した。

「リッツじゃんっ！」

「そうなの」袋のリッツを今日子は掲げた。場の全員の目の色が変わった。

「リッツ」「リッツだ」「リッツが出たぞ」「私朝までさ。行きローソンで買ってたんだけど」少し気まずげに今日子がいって、何の気後れか羊歯子には判らなかった。

「隠れて食おうと思ってたんだけど、無理っぽそうだしみんなで食べない？　ごめんね隠してて」

「お前最高だよ！」甲高い声を出して君子が今日子の二の腕に触れた。「しようよみんなでリッツパーティー」「沢子？　沢子呼ぶ？」「いねえよ沢口靖子」「沢子じゃない靖子だった」「あははははは」「ひっさっ沢子」「誰だよ沢子」過呼吸の音が馬鹿みたいに幾つも重なり、つぼに入った今日子が泣き笑いつつ自分のおでこに触れた。有志により成った一人一枚のリッツパーティーは場の全員を熱狂させ、カロリー以上に輪を温めた。

「ゲームしたいね」

「トランプならある」先程ナイフを取り出した九番の子がポケットからいった通りの物を取り出し、これから卒業式という時に何でそんなもの持ってると思うと、羊歯子は呆れて少しおかしかった。トランプは歓迎を受け、ゲームはひとまずババ抜きになり、負けた者は罰ゲームをすることになり、一発芸など皆の前で強制的にやることになり、強かったのは眼鏡の君子、弱かったのがリッツの持ち主今日子、秘密を清算した反動か今日子はよく笑い、負ける度嬉しそうにはしゃぎ、そういう今日子を周りの皆も、リッツだの靖子だの渾名してせいぜいいじり倒した。罰ゲはコントや手品なども飛び出し、犬子羊歯子も一度ずつどべを取り、音楽に合わせて一曲歌ったりした。

財布を持つ子が結構いたことと、その方が盛り上がるという理由から金銭の賭け合いも行われるようになった。意味のない賭博が幾度となく繰り返され、場が口汚く熱を帯びていった。「王様ゲームにしようよ」と誰かがゲームの魔合体を提案し、金で王様権を買って他者に好きなことを命令出来るようにした。貨幣の使い道がないので皆がそれに賛同し、導入後最初の王様にはたまたま羊歯子がなった。命令で全員の金を徴収し向こう数十回ほどの王様権を買ってから全て放出すると、場の全員が王を見る目で羊歯子を見てきた。羊歯子としてはネタで盛り上げようとしたつもりだったので、少しだけ恥ずかしかった。

「繰り返せばずっと王様じゃないか」「これが政治か」

「もうやんないよ」羊歯子は笑った。

とりあえず全員にださくて評判な校歌を斉唱させて見たがこれが思いのほか眼福で、全員の照れる笑った顔やわずかに湧き上がった学校や教室の残像が、やたらと両目に焼き付いてきた。その時一瞬だけ卒業式前の朝の気分に引き戻されて、しょうがないので拍手だけ手を抜いた。

蠟燭のように電池が切れ一つの音楽が静かに途絶えると、誰となく別の子が自分の携帯で音楽を流し始めた。白熱の中また電池が切れると、別の子が無言で携帯を取りだした。この後はどうせ酷いことしか起こらないのだから、どうせならいつまでもこれが続けばいいと羊歯子は思った。

「紙足りないな」卒業証書の端に賭博の帳簿を付けて藤子がいった。「書けるものない？」

「これで書けない」九番の子が畳んだナイフを差し出した。受け取った藤子が壁に近付き、石にがりがり正の字を切っていった。「ああ彫れはする」

「外まで穴掘れないかな」

「鶴嘴でなし」君子が手札から顔を上げた。「折角だし何か身のあること書いたら？」

「身？」

「何か。メッセージ性あることをさ」

「遺言？」「いや……」「前向きなこと書きなよ」

「HELP」「おかしくね？　読まれた時点で色々済んでね？」

「じゃ遺言でいいがな」

「盛り上がること書いてよ」手札を捨てながら志賀子が叫んだ。「何でもいいから」

「王様何か。いい言葉一つ」

「私？」羊歯子は慌てた。「何？　ようこそとか」

「何にようこそ」「え判んない。パーティーだから」

「パーティーにようこそ。懇親会、親睦会？」組子が候補を出していった。前にスペースを空けて『ようこそ』とだけ彫り、藤子は蔓草模様で器用に字を囲っていった。

「卒業式はもう終わってるんだね」思い出したように鉄子が口にした。「その後の会食も。クラスの二次会も」

「ふむ」

藤子ががりがりと文字を書き足した。一同も壁の碑文を見やった。

『反省会へようこそ！』

「身はないな……」君子はいった。

賭博パーティーはその後も続き、朝も夜もなく死に金が飛び交った。結局最初の投資が効いて、パーティーが終わるまで羊歯子は王様であり続けた。

国土にして三二五平方メートル、中庭程度の広さの貧しい国だったが、国民総出で宴に耽り、そう悪くない空間だった。

携帯音楽は一つ一つと電池を使い切り、やがて全ての電池が死に、最終的には皆で鼻歌を口ずさんだ。

ゲームに引き際はなく、シンガソングがやけくそに続き、水もない羊歯子の五日目、最初に死んだのは隣にいた犬子だった。餓死とも思えぬシンプルな死体だった。寝返りがないのでやっと判ったほどで、寝るよう死ぬとはこういう感じかと羊歯子は思った。

羊歯子が急を告げると一同自然にその手が止まり、ギャンブルもカードゲームも結局その時が最後になった。薄目の犬子の息なり脈なりを数人で確かめてみて、恐らく死だろうと合意が取られた。そう意識せず羊歯子は犬子の顔面に触れていたが、他の子たちはそれ以上犬子に近付かなかった。

フリートークと演し物の時間は終わり、しかしパーティーは未だ続いていた。投票の結果次第にすることが決まった。芝山が壁に書記し、結果を木村山が読み上げた。

「ではとりあえず生き残る人を決めましょう」

「イエー」パーティーののりで拍手が湧いた。


餌主今日子が最後のリッツを全員に配り、もっと持ってくりゃよかったといって笑った。リッツがでかい方の箱だったらしく、一袋が二十五個入り、一人死んだので揉めごともなく渡ったが、からからの羊歯子の口には万遍ないほどよくくっついた。いつまでも飲み込まず牛のよう噛み続けてみたが、口の泥は次第に量を減らしていった。

挙手制の投票の結果出れるというなら誰か一人くらいここを出て行くべきだろうということになり、今いる全員でパイの奪い合いをすることになった。せっかく和んで顔馴染みになったばかりだったのに、結局たまを取り合うなんてと羊歯子は思った。

「誰が生き残っても恨みっこなしね」木村山がいった。「じゃああなたから時計回りで」

「私から？」恥ずかしげ志賀子がその場で立ち上がった。「あの、森山志賀子です」

その場で一人ずつ自己紹介を始め、語っていなかった自分のことを他の子へ向けて話していった。どこの生まれで家族はどうで、趣味は何で、今まで生きてきて一番感動したこと、自分史大事件、好きな色、好きな人、卒業したら持ち上がりか、よそに行くのか、これから何をしてみたかったか、やり残したこと、こうなった段で後悔してること、もし生きて外に出れたなら、等々思いつくだけ何でも話して、溢れる言葉がついえたらお辞儀し挨拶し、周りは何故だか拍手で応えた。

「はい次今野さん」

「今野君子です」君子が頭を下げた。「わー恥ずいなこれ」

「ほら」「うん。両親とも東京の人間で、だから東京生まれ東京育ちです。十月三十一日生まれ、蠍座、A型、趣味読書です。好きな作家は梨木香歩、長野まゆみ、江國香織、清涼院流水、漫画家だといくえみ綾、魚喃キリコ、中村明日美子、バトルロイヤル風間が好きです。座右の銘は一応『なんとかなる』です。あと何？　足は22です。将来？　将来やりたいことは、やりたいことじゃないけど、一応小説書いて応募して、駄目なら社会人なろうと思ってます」

「小説書いてるの」「ないない嘘内緒。以上質問ないよね」「好きな人」「わーない」「ええ」「もういい？」「お話ってどう書くの？」「知るか」君子が笑った。「え、だから、出る人物に何か欲しがらせて、手に入れるために行動させせんだよ」「ちょうすごい！」「プロい」「もうやめて」「拍手！」

「柴田藤子です。これしてます。これ」ラケットか何か振る動作をして藤子は笑った。

「えっと、お兄ちゃんがいます。あと、父親が結構登山家で、母親は、あれしてます。出てこないけどあの、あれ出てこない」「どれ」「あの草。食べるやつ。お母さんはいいや。今まで一番楽しかったのは小二の時家族でオランダ行ったんだけど、何かすごいあっちこっち行って滅茶苦茶楽しかったのと、あと試合で初めて勝った時。そんくらいかな」「将来の夢」「夢はないなあ。でも最後にうちでご飯食べたかった。うちでもう一日過ごしたかったな」「拍手」

「越後麻衣子です。十番目？　十番目です。影薄いよね、ちゃんとアピールしなきゃ」

「奥村鉄子です」頭を下げ、鉄子は自分というよりは自分がファンクラブに入っていた一つ上にいた小山田先輩の話をした。小山田先輩は羊歯子も知っているやたら有名な美人の先輩で、そのフォロワーが学年にも沢山いた。話しかける時は二人以上何分未満とか、手紙はよいがメアドは駄目とか、正確には知らないが色々ルールがあり、誰が作ったかのファンクラブ的なものに、彼女も入っていたということだった。当然先輩はもう学校にいないので一年以上前の思い出話だったが、今でもすごい好きで、と鉄子はいい、もう一度会いたいということを付け足した。

「生沼組子といいます、自己紹介します。私は福岡の八女市というところで生まれて、小二の時にこっちに引っ越してきました。最初は結構引っ込み思案で、友達もすぐには出来なかったんですが、段々周りの子と話せるようになって、少しずつ性格も変わった気が自分ではします。中学で受験して立女入って、一番の経験は二年の時の体育大会で、クラスが団結して優勝出来たことです。今年一年は卒業の年で、自分自身何か一つ成長して卒業してきたいと思ってて、夏休みに」

聞きながら色んな子がいるんだなと羊歯子は思った。そうそう人に張れる目標や思いなど、省みてみても羊歯子にはなかった。将来やりたいみたいに何か思ったこともなかったし、今これしてますといえる特別な何かもなかった。

時計回り一人ずつ面映ゆい自己紹介を繰り返し、卒業生というよりは入学したての教室のような空気だった。私はいいよと自己紹介をさぼって生き残り枠を辞退しようとする子もいたが、ブーイングに合い不本意そうに照れしい自分を打ち明けていった。短く済ます照れ屋には質疑が飛び、隠した趣味から付き合っている人、食べ物、洋服、ダンスが出来ると聞けば同調圧力で一曲踊らせ、やらせるだけやらせて拍手で応えた。大人のメンズと付き合ってる子もいたし、おばあちゃん子もいたし、親の死んだ子もいたし、自分で自分の人生を特徴を捉えて語れない子もいた。

「仁科羊歯子です」羊歯子も顔中

真っ赤になって自己紹介をし、しだことはどう書くのと聞かれて、壁に字を書いて見せたりした。終わってしまえば私が私を人に説明するのもこれで最後なんだなという風に思えた。死後硬直を始めた隣の村田犬子さんに触って、この子はどういう子だったんだろうということを少しだけ考えた。

「屋敷縦子です」九番目の子が細身を折って会釈した。「あの、人前で話すの苦手で。何話すか考えてたんですけど、無趣味だし困ってて。思い出とか考えたんだけど、あんまいい思い出とかなくて、というか私あの三年間虐められてて」そういったので羊歯子はおっと思った。怪しい雲行きに場の空気も変わった。「ミミズいるじゃないですかにょろにょろの、本当式の直前にも朝呼ばれて、ミミズ？食べさせられたりして。食べたんですけど、もう多分消化してますけど。クラスの女子なんですけどやらせてきたの、だから本当結構色々されたし、暴力とかですけど。全然いい三年間じゃなかったな、つうか最後まで踏んだり蹴ったりじゃんとか今思ってて。みたいなね、ことをこうしてみじめアピールしとけば、何か同情票貰えないかなあみたいな感じです」参ったねと縦子は笑って見せた。思うほど制御された笑顔ではなかった。「だから、だから？こうして何か閉じ込められて、一人しか出らんないよ、まじやべえ、みたいな。これが相手うちのクラスの女子だったら、三年間だから今クラス違うのとかもいるけど、今ここにそいつらいたら楽勝でぶっ殺してやるのに、みたいな。思って、思うんですけど。出来るかは別で。実際は全員知り合いいないし、逆に仲良しの子もいなくて、それはまあよかったなあ、達者でねーみたいな感じなんですけど。ここの今いる人たちあんま知らないけど、外で会ってたらやっぱお互いやな感じなったかもですけど、でも別に今そんな生き残るため刺しちゃれとか、あんまなんないなって。逆にナイフとか持ってて何こいつきもっ暗って今私みんなに逆に思われてると思うんですけど、しょうがないしそれは」

冗長に自己を開示していって、最後にそういう所の平凡な自分をこの面子には悪く思われず済むなら嬉しいということを述べて縦子は拍手を受けた。開示した自己が必ず好意的に受け入れられるとは限らないが、それしか語ることがないといった彼女の憂鬱も、順位を付ける時一番には選び辛い内容だった。他の何なら彼女はこの場で一等になれたんだろうと考えて、答えは出ず、自己紹介と質疑応答が公平とそう近くもないらしいことに羊歯子は幾らか戸惑いを覚えた。

「島袋木根子です。よろしくお願いします」一人の子が随分内気そうに挨拶をした。自己紹介した面子を頭で並び替えて、多分この子は十一番目だなと羊歯子は思った。十一番目の島袋木根子は自分の将来の夢についての話を始めて、あれもしたかった、これもしたかった、これを今までずっとやってて、こういうことが今まだ途中でと、自分の持ち物を一生懸命言葉にして話していく内に、感極まって泣き出してしまった。一同しんみりしていると突然木根子は過去側の扉にダッシュし、前の部屋へ素早く駆け込むと向こうからドアを閉めてしまった。慌てて全員彼女を追ったが、こちらから扉を開ける手段はなく、こちらから彼女に干渉出来ない以上、残り十一人の死人は全てこちらの部屋から出す他なく、生き残る一名が選ぶ前に決まってしまったことや、一瞬で自分たちが追い込まれたことに、残る十一名は茫然とした。

五時間ほどしてから木根子は自分からドアを開け現れ、おいおいいいながら全員に謝罪した。怒った者はひとまずいなかったので、一同元通り部屋に木根子を招き入れた。

自己紹介が無事全員終わったので、無記名の投票が行われることになった。紙は使ってしまったので生徒手帳のページを各自一枚破り、一本だけのペンを順番に回して、生き残ったらいいんじゃねえのと思う誰か一人の名前を記していった。自分に票を入れて良し、白紙はなるべくよそうと決まり、羊歯子は一番生き抜きに熱心だった島袋木根子の名を書き入れて、四つに紙を折って畳んだ。同年のこの子らと比べた時自分を書くのは申し訳ない気がして、将来であれ今であれ、泣くほどしたいことがあるというのなら、生きて帰ってしたらいい、あるだけすごいんだからと思った。

「それじゃあ開票します」手の中の紙切れを一つずつ木村山エリ子が読み上げて、芝山アキ子がぼろぼろのナイフで壁に正の字を書き入れていった。他の子は無言でそれを見守った。羊歯子が何気なく犬子の白い手に触れると、犬子は水入りのコップのように冷たかった。

票はアピールに成功した木根子に集まるだろうなと思っていたが、開票してみると大いに割れていた。二三票ずつが団子になっていて、羊歯子にも何故だか三票も入っていた。

他の三票の子三人ともう一度無記名で投票をすると、何故だか羊歯子が選ばれてしまった。

「なっ何故私」

「えーじゃあ投票の結果仁科羊歯子さんに生き残りが決まりました。拍手！」

「わーおめでとー」「やんや」「運いいな」「頑張ってね！」

「さあじゃあどうしようか。すぐもう進めちゃう？ もう少し御歓談？」

「みんなもう限界でしょ」「反故になる前やっちゃうべきだよ」

「そうだね」木村山が笑い、それから羊歯子の方を向いた。

「それじゃあ宴たけなわ、仁科さんには一仕事お願いしましょうか」

「ちょっと待って」羊歯子は慌てた。「よりによって何故私。美人だから？」

「票の理由？」パーティーの司会が紙を見直した。「えー、雰囲気で、普通だから、起きた時最初に見たから、選べないので先頭の仁科さんにしました、等々コメント頂戴してます」

「あの」羊歯子は手を挙げた。「一応訊いていい」

「辞退は駄目だよ」強めに組子がいった。

「もう一回くらいやろうよ。きっと次は結果変わるよ」

「結果変わっちゃそれこそやべえよ」

「でもこんな自己紹介判んないじゃん。ぶっちゃけ投票じゃ不利な子いるじゃん」

「何しても差は出るじゃん。サバイバルでも知恵比べでも」

「じゃあじゃんけんにしようよ」

「みんなで決めたでしょ」

「王様。命令権残ってる」

「ないなあ」全員が抗議した。

「反対は先にいわなきゃ。みんなで決めたんだから」

「方法は各自相談ね。仁科さん決めてくれてもいいよ。苦しまないようなるべくしてね」

芝山が羊歯子に近付き、刃をしまったちゃちいナイフを手渡してきた。「頑張って」

「お、おかしいじゃん」緊張しだして羊歯子は笑った。「おかしいよこの流れ」

「これってどれ」

「全部だよ。こんな風に決めたり。結論が変だよ。出来るわけないじゃんやれつったって。おかしいでしょこんなとこに閉じ込められたりして、やらされてることに付き合うなんて」そもそも論を持ち出して一度決まったことを反故にしようと羊歯子は試みた。「おかしいでしょ。目的何なのこれ。金持ってんでしょこれ閉じ込めた人、どう見てもさ、コネとかもさ。

いい大人が人何人も一つ所閉じ込めてやりたいことって何？ 私ら殺し合わせて何役に立つの？ こういうの見てて何か楽しいわけ、こういう話の何が面白いの？ 楽しいとしても手間かけてまじにやることじゃないじゃん。楽しいことなんて世の中に別にいっぱい他にもあるのに。いちいち悪さしてまですることないじゃない。馬鹿じゃんそんなのさ」

この石造りの建物に閉じ込められてから最も熱心に羊歯子は訴えた。自分の声だけ壁に天井に響いて、何も変わらず吸い込まれるのが判った。同じく閉じ込められた一同諸氏は黙って床に座ったまま、羊歯子の言動に耳目を傾けていた。

「お、おかしいじゃん、人殺してまでしたいことって普通ないじゃん。ないよね。私全然ないよ。人殺しても絶対やりたいこととか。やりたいことってないでしょ普通。やめようよこんなの。諦めちゃえばいいじゃん。普通に最後までだらだらしてようよ。馬鹿馬鹿しいよこんなん付き合うの。

何で閉じ込められて命かかってるからっていちいち死なすとか殺すとかそういう感じになっちゃうの。絶対変じゃん。おかしいよあなたたち。閉じ込められたらそれでいいじゃんもう。殺らなきゃ死ぬなら諦めようよ！　別にいいじゃん！　諦めちゃおうよ！　付き合ってらんないよルールとか、無理してこんな馬鹿馬鹿しいこと付き合って、まじで頑張る必要ないじゃん。やりたくないことはしなきゃいいじゃん！」

羊歯子は喚き続けたが誰も譫言を聞き入れてはくれなかった。うんとそうだねだけ山ほど突き返されて、羊歯子は誰も言葉で動かすことが出来なかった。

「気持ちは判るけどさ」君子が眼鏡を拭っていった。揃っていた前髪がべとべとで崩れていた。「いやというなら皆嫌なのでは」

「甘んずるを帰ったら辞書で引くってことでよしとしない？」組子が提案した。「この場は我慢して引き受けてよ」

「関係ないよ」ごね切れば呆れられてこんなのすぐ外されると羊歯子は信じて粘った。

「やだもん私」

「最後まで気分よくいったらいいのにな」あーあと輪唱し皆が笑って羊歯子を批難した。

「折角のパーティーがこのままじゃ台無しだよ」

「はあ」羊歯子は参って泣いてしまった。「ああ水分が」

殺し方も決めていて、選ばれた一人が全員を手にかけることになっていた。これにも羊歯子は往生した。やっているだけでも泣きたくなるのに、そんなのも申し訳がないくらい殆どの面子が協力的だった。実際いざとなれば抵抗する子もいたが、羊歯子がやめればその子もやめて、結局注射が成功するので、やるせないとはこのことだった。しまいには全員仕留める前に羊歯子の方がへばってしまって、選ばれた人が一人でやると決めていたにもかかわらず、残りの子たちが手を貸して続きを手伝ってくれたりもした。みなくるっとると羊歯子は思った。最後に残った柴田藤子など羊歯子を気遣ってからドアノブにブレザーを括り、勝手に自殺していってしまった。

十三番目の石造りの部屋に気付けば十二個死体が転がっていた。数名で完成させた壁の彫り絵と文字、メッセージ、遺書、出しっ放しで散らばったトランプ、リッツの袋、萎れた花、していたはずのパーティーの残骸に囲まれて、羊歯子の鼻を血や糞の臭いがついた。

寝転がると頭痛がし、誰かのけつを枕にすると仄か明るい天井がぐるぐる回り始めた。締めのないまま長いパーティーは終わってしまって、そこそこどうでもよかったが卒業試験やらもこれで終わったのだろうかと思った。

殺していて思ったことが二つ、すごく疲れるということと、これでここを出られたその後のことだった。ただパーティーで知り合っただけの間柄だったが、手の表面の喉の動く感触、ナイフで刺す重たい感触、めいめい十一個分と聞いた十一の自己紹介の内容、犬子のちょっとの印象、これを覚えておくのかと思い、途方もなくて羊歯子は目を瞑った。

目が覚めるときっと卒業式の狭い通路で、大人の世界にようこそされて、自分の代わりに死んだ子たちと生きていく人生ならば、自分は無駄にはしないのだろうかと思った。戻った後も自分は目標なんかないといって生きていくのか。将来のことを何も考えず普通に生活していくのだろうか。人を殺して生き延びておいてやりたいこともやってることも特にないなでそれまでやそれからを済ますのだろうか。それが出来ないだけの羽目に強制的に遭わされて、誰かのための人生という物の見方を否定出来なくなってしまっていた。そんな人間性が試験で培えるのだとしたら、結構な話ではあると思った。重さこそ知らないがああしたいこうしたいといいつつ死んだ彼女らのために、そうおいそれとは生きられないにしても。

預かってしまった物、聞いてしまったこと、作ってしまった捨てられない物たちに呑まれないように羊歯子は熱い息を吐き、努めて眠ろうとした。十二個の死体に囲まれて静かになった暗い部屋に横たわっていると、不思議と気持ちがブルーになった。胸の奥からげっそりする感じが、式事の後の寂しさに似ていた。

少女庭国補遺

一　〔安野都市子〕

講堂へ続く狭い通路を歩いていた安野都市子は気が付くと暗い部屋に寝ていた。部屋は四角く石造りだった。部屋には二枚ドアがあり、内一方には貼り紙がしてあった。貼り紙を熟読した都市子はドアを開け、隣室に寝ている女子を認めるとこれを殺害した。

二　〔奥井雁子〕

講堂へと続く狭い通路を歩いていた奥井雁子は気が付くと暗い部屋に寝ていた。部屋は四角く石造りだった。部屋には二枚ドアがあり、内一方には貼り紙がしてあった。貼り紙を熟読した雁子はドアを開け、隣室に寝ている女子を認めると襲いかかった。

寝込みを襲ったため当初は雁子が優勢だったが、やがて抵抗され返《かえ》り討《う》ちにあった。

三　〔三島支部子〕

講堂へ続く狭い通路を歩いていた三島支部子は気が付くと暗い部屋に寝かされていた。部屋は四角く石造りだった。部屋には二枚ドアがあり、内一方には貼り紙がしてあった。貼り紙を熟読した支部子は扉を開け、隣室に女子を認めるとその場で自殺した。

四　〔後藤軸子〕

講堂へ続く狭い通路を歩いていた後藤軸子は気が付くと暗い部屋に寝ていた。部屋は四角く石造りだった。部屋には二枚ドアがあり、内一方には何か紙が貼られていた。貼り紙を熟読した軸子は二日後自殺した。

五　〔草野県子〕

講堂へ続く狭い通路を歩いていた草野県子は気が付くと暗い部屋に寝ていた。部屋は四角く石造りだった。部屋には二枚ドアがあり、内一方には貼り紙がしてあった。貼り紙を熟読した県子は四日間その部屋に留まり、その後扉を開け隣室の女子を殺害した。

六　〔金子未来子〕

講堂へ続く狭い通路を歩いていた金子未来子は気が付くと暗い部屋で寝ていた。部屋は四角く石で出来ていた。部屋には二枚ドアがあり、内一つには貼り紙がしてあった。貼り紙を一読した未来子はドアを開け、隣室に寝ている女子に気付くとその子に話しかけた。二人は話し合い情報を共有し、やがて隣室の女子が自殺した。

七　〔坂本古事子〕

講堂へ続く狭い通路を歩いていた坂本古事子は気が付くと暗い部屋に寝かされていた。部屋は四角く石で出来ていた。部屋には二枚ドアがあり、内一つには貼り紙がしてあった。

貼り紙を熟読した古事子はドアを開け、隣室に寝ている女子に気付くとその子に話しかけた。二人は相談しドアをもう一つ開け、更に隣室にいた女子を起こした。

三人は話し合い情報を共有し、やがて殺し合い一人が生き残った。

八〔加西瀬戸子〕

講堂へ続く狭い通路を歩いていた加西瀬戸子は気が付くと暗い部屋に寝かされていた。部屋は四角く石で出来ていた。部屋には二枚ドアがあり、内一つには貼り紙がしてあった。

貼り紙を熟読した瀬戸子はドアを開け、隣室に寝ていた女子に話しかけた。更にもう一つドアを開けると、そこに寝ていた女子も起こした。

三人は話し合い情報を共有し、やがて自殺する者と殺し合う者に別《わか》れた。

九〔俵曲子〕

講堂へ続く狭い通路を歩いていた俵曲子は気が付くと暗い部屋に寝かされていた。部屋は四角く石で出来ていた。部屋には二枚ドアがあり、内一つには貼り紙がしてあった。貼り紙を熟読した曲子はドアを開け隣室に寝ている女子に話しかけた。二つ目の部屋にもドアがありその先にいた女子にも話しかけた。三人は話し合い情報を共有し、やがて各々命を絶った。

一〇〔村崎緑子〕
講堂へ続く狭い通路を歩いていた村崎緑子は気が付くと暗い部屋に寝かされていた。部屋は四角く石で出来ており部屋にある二枚のドアの内一つには貼り紙がしてあった。貼り紙を熟読した緑子はドアを開け隣室に寝ている女子に気付くとその子に話しかけた。二つ目の部屋にもドアとその先の部屋とそこで寝ている女子の姿があった。三人は話し合い情報を共有し、その後は部屋に留まり続けた。三人とも他の二人が衰弱死するまで待ち、体力を競い合った。

一一〔水沢日下子〕

講堂へ続く狭い通路を歩いていた水沢日下子は気が付くと暗い部屋に寝かされており部屋は四角く石で出来ており部屋には二枚ドアがあり内一つには貼り紙がしてあった。貼り紙を熟読した日下子はドアを二つ開け、隣室と隣々室の女子に話しかけた。三人は話し合い情報を共有し、相談の結果直接命を取り合わず代理の競技で生死を決めることにした。三人は互《たが》いの生死をかけてじゃんけんをした。最も勝った一人以外は自死した。

一二〔米原蟹子〕

講堂へ続く狭い通路を歩いていた米原蟹子は気が付くと暗い部屋に寝かされていた。部屋は四角く石で出来ていた。部屋には二枚ドアがあり内一つには貼り紙がしてあった。蟹子は幾つかドアを開け数人の女子を起こした。起きた女子の中に卒業式で使う目的で爆弾を持っていた者がいたため、場の全員が吹き飛んで死んだ。

一三　〔吉村伊胡子〕

講堂へ続く狭い通路を歩いていた吉村伊胡子は気が付くと暗い部屋に寝かされていた。部屋は四角く石で出来ていた。部屋には二枚ドアがあり、内一つには貼り紙がしてあった。

貼り紙を読んだ後伊胡子は数人の女子を起こした。その中に卒業式で用いるため毒物を持っていた者がおり、場の全員が苦しんで死んだ。

一四　〔本宮数珠子〕

講堂へ続く狭い通路を歩いていた本宮数珠子は気が付くと暗い部屋に寝かされていた。部屋は四角く石で出来ていた。部屋には二枚ドアがあり、内一つには貼り紙がしてあった。

数珠子は自殺するつもりが殺してしまった。

一五　〔越谷枡子〕

講堂へ続く狭い通路を歩いていた越谷枡子は気が付くと暗い部屋に寝かされていた。部屋は四角く石で出来ていた。部屋には二枚ドアがあり、内一つには貼り紙がしてあった。

枡子は殺すつもりが自殺してしまった。

一六〔小野寺骨子〕

小野寺骨子は何かするつもりが何も出来なかった。

一七〔久万橅子〕

久万橅子は紙を読んだ時は何もしないつもりだった。

一八〔城島練子〕

講堂へ続く狭い通路を付き添われ歩いていた城島練子は気が付くと暗い部屋で寝てい

た。辺りの異変を察することなくすぐ意識を失いやがて息絶えた。本来なら式にも出られない程病状は悪化していた。

一九〔加藤梃子《てこ》〕

講堂へ向け通路を歩いていたはずの加藤梃子は気付くと暗い部屋に寝ていた。部屋は四角く石造り、天井と床とが淡く光を放ち、同じサイズの鉄扉が二枚向かい合うように設置してあった。身を起こした梃子は部屋をぐるぐる回り扉の前で貼り紙を一瞥し四隅を見上げて監視カメラを探し三周してから扉に戻り、開く方のドアを開け奥を覗くとすぐに引っ込みドアを閉めてもう一方に向かうと取っ手のないそのドアを五分間蹴り続けた。反応がないので貼り紙の方に戻り文を二度読むと次の部屋へ向かった。「こんにちは！」部屋の中央に誰か寝ていて起きた子に構わず梃子は部屋を歩き回り同じ仕様を確認するとドアを開け次の部屋へ向かった。「こんにちは！」次の部屋も相似で梃子は次へ向かった。「こんにちは！」ドア石の部屋、床に寝る制服、女髪胸の花、光る床と天井、貼り紙ドアを開けると部屋で寝ている人間だけが変わった。「こんにちは」「ちわ！」「お邪魔します！」「ごきげんよう！」床の制服は梃子と同じ今日卒業する立女の同級生で声をかけ押し入ると同級生らはぼんやり起きたり跳ね起きたりし、彼女らが身を起こし辺りを見回す頃には梃子は既に通り過ぎた後だった。「こんにちは！」

数珠のよう続く石造りの部屋を閉じ込められた人間を起こしながらも構わず梃子は歩き続けた。変わり映えがないので次第に早足になった。およそ五秒で一部屋通過し五分で大体六十部屋、十五分も歩いた頃には全部で百八十もの石の部屋を通過していた。強歩する梃子の第一の目的は無論建物を出ることで進んだ距離はここまでで九百メートル余り、一キロの建物は見たことなかったが直線でなかったとしてもけっこうでかいなというのが第一感だった。洟が出るので立ち止まりティッシュをぶいぶいわせて梃子は洟をかんだ。その部屋に寝ていた女子が少し戸惑う顔で梃子を見上げていたので梃子も挨拶した。

「こんちは」

「ちは。何ここ」

「知らない」

「卒業式は？」

「私は知らない。あなた何か知ってる？」

「歩いてたんだけど私」

「私もそう」一緒だねといい梃子はまた歩き出した。

二十分を過ぎた辺りで異変に気が付いた。正確に数えてこそなかったが計算が合っていれば梃子の通過した部屋数は二百をとうに超えているはずだった。おかしいのはなお部屋が続くことより中に変わらず女子がいること、梃子の通う立女の同学年は確か総勢二百十数名程だったのでいい加減閉じ込める卒業生のストックに限界があるはずだった。

三四十分を過ぎても中の女生徒は看板にならず声を掛けて履歴を聞いても皆確かに卒業生だと自分を名乗った。コスプレでなく全員が本物の立女の卒業生だとして倍以上の五百名近い女生徒がどこからか湧いて床に寝転がっていることになった。一つ事実を追求せずに梃子は進んだ。

一時間で七百二十、二時間で千四百四十、休憩を入れた三四時間でおよそ二千五百部屋の扉を開け梃子は通り過ぎていった。通過した各部屋で都合二千五百人もの立女の中等部卒業生が目覚めていった。踏破した距離は一万二千メートル超、直線距離で十キロあるような建物となると梃子も一つしか心当たりがなく、人間の方については既に全校生徒の二倍近い数の卒業生と対面を果たしたことになり、確認のため百名ほど無断で制服を漁り抵抗されつつポケットを検めたがほぼ全員が顔写真入りの学生証と適度に使った臙脂の生徒手帳を携帯していて、学校印も同じ入学年月日も同じ、外から見る分同級生として何ら遜色《そんしょく》する点はなかった。一応話を聞いてもどの子も立女に通っていた自分を自明の内に語り、梃子の察相・観相スキルに於いては中身も全き同級生に見えた。ただその数が上限値を超えていることと何より一人も知り合いに出会わないことを合わせてみると彼女らも含め全てが虚構じみた紛《まが》い物のように感じられ、何かの為しつらえられた作り事の空間だということが色濃く場に臭った。

虚構のように感じるものが現実と地続きに立ち上がってくると空気の読めない悪趣味な印象がし、目の当たりにするありえなさは感情でいえば不愉快だった。自分の現実の中に虚構じみた恰好の人や建物があると薄ら寒くて不快感を引き起こすが、具体的にはディズニーランドにいる時のような独特の胸糞悪さをその場に対して梃子は感じていた。

歩き疲れた梃子は考えず適当な部屋で休憩を取った。上履きを脱ぎくつろぐ梃子の隣で目覚めた女生徒が状況に戸惑っていて、自室の貼り紙を見てから梃子に話しかけてきた。

「ここどこ」「知らない」「卒業式は？」「さあ」「何試験て」「知らない私も書いてることしか」「あなたは？」「私もさっき起きたのここみたいな部屋。ドア開けて来たの名前は加藤梃子」「私堀口似非子よろしく」「どうも。歩いて暑いな水ない？　ないよな」「ない」

通ってきたドアから数人の女子が顔を覗かせた。その後に数人また数人と目覚めた卒業生が次々やってきて座る椏子らと合流をした。ただのお喋りが現状の確認になり、全員やはり立女の卒業生で卒業式の途中でこの地に迷い込んだと判った。

閉じ込められていることについてはおよそ全員が歩く過程で把握しており試験なるものをしないと出れないというところまでは何となく一様に理解がされていた。ただ自分たちを起こしていった椏子については他の子達の中で誤解が生じており、先行していった謎の女子のことを同じ生徒ではなく閉じ込めた側の何者かという風に思っていたらしかった。自分らを起こして去った謎の影を追捕ないし尾行することでこの謎部屋の出口を見つけられないかと考え雁首揃えて追ってきたということらしく、椏子の正体が足の早い同道と判ると幾許か落胆が一群に伝播した。

椏子の起こして回った二千人からの卒業生の内こうして先頭を追ったものが落伍者を含め何割か、残りはその場に留まり部屋を調べたり前後の人間と合流し情報を共有したりなす事もなく様子を見たりするもの等が見られたらしかった。後で集団を追いかけ合流する者がいれば延々続く焼き増しの景色に足の竦んで立ち止まってしまった者も居て、ともあれ二千五百人からの女学生が石の蛇の腹の中で活動していることが推察された。

集団で慎重行動派より長距離移動派がより多く発生したのはひとえに先頭がドアを開けまくり二千から閉鎖を破ったためであり曖昧な貼り紙一つ読み込むより周囲に追随する流れが女生徒の間に広がった結果だった。話しこむ内に更なる後続集団が追いつき始め部屋がぎゅうぎゅうに鮨詰まってしまったため梃子たち卒業生は再び歩き始めた。一列縦隊の女学生がドアをくぐり通り過ぎる傍らで新たな女学生が次々と目覚めていき、新たな女子達は起きるとまず目の前にある謎の行列に驚き、その光景はそれまでの女子達が体験したものとは大分に異なっていた。ドアからドアへ行進する人の流れを見て自分たちが閉じ込められているらしいと認識する者はいなかったし、そういう者が列に加わることでより情報は失われていった。理解もせぬ内呼ばれるまま列に混ざり、移動をしながら起き抜けの女子達は置かれた状況を把握していった。わけの判らない事態に巻き込まれていると判れば大体が合っていたし、より詳しく知る者がいればその女子が周囲の人間に知っていることを話した。判っていることといないことの整理がつくと今度は周囲に目を配りだし、列を落伍した者、加わらず部屋に留まっている者の姿などを認め、途中排泄物らしき物の姿を通過する部屋の片隅に目撃することもあった。歩き続ける女生徒達は疲れも知らずにだべり続けた。行進自体は遅々としていて先頭から始まった小規模な渋滞が列後方へとだんだん波及していった。止まってしまえば尚のことだべる他することがなく、通過待ちの群団はさらにお喋りに興じた。

「この卒業試験というものの試験会場に向かってるの？」行列の目的地を勘違いする者も多く発生した。誤解は解かれたり解かれなかったりした。歩き続ける卒業生の群れは全長一キロ程まで膨らんだ。「何故私たちは歩き続けているの？」「出口があるの？」

「ないの？」

「出口があると思う？」息苦しさに気疲れしながら先頭付近で一人が梲子に訊いた。ドアを開ける先頭集団は別の数十人に代わられていたが情報を梲子に求める変な風習が発生していた。「この貼り紙卒業試験とやら、貼ってったやつはどこから出たんだろう」

「抜け道があるとして中から開くかは判らないよね」

「これやってんのってうちの校長なの」

「どう思う」

「ならすげえって思う」聞き返され素直に似非子は答えた。「あなたの考え聞きたいな。どうして迷わずあなたは歩いてるの。歩き続けてこの先何があるの？」

「ここまで同じだったことはこれからも同じかも知れないね」水を向けられ梲子は答えた。「いつまでも変わらない物がないならいつかはこれも終わるのかも知れないね」

「つまり？　判らないってこと？」

「歩き続けたのはでも正解だよ」別の女子が口を挟んだ。「今私たち十キロくらい歩いて外出れないけど現実市区町村一つくらいなら別に歩き切れるわけじゃない。私らでも。県の端から端までだって時間を掛ければ十分走破可能でしょう。日本よりここが広いというなら端着くまでに死ぬかもだけど十キロ以上日本より狭いくらいなら足だけで結構こと足りるわけじゃない」

「端がなかったら？」不安そうに似非子が訊いた。「いつまでも延々とこの石の部屋が続いていたら？」

「ありえないといいたいけど」

「そうだよね。わけが判らないものね」

「何で知ってる子が一人もいないんだろう。あなたら本当にうちの三年生なんだよね」

「いうあなたこそ本当にそうなの」

「私はものほんだよ。校歌歌えるよ」

「国語の先生の名前は？」

「いろいろいるじゃん私は栗尾先生」「私も」「本当」「保健の先生の名前は？」「名前知らない。あーの、あの人でしょ。すごい眼鏡の」「校舎の詳細いえる？」「駅ちょい遠く程よく住宅街、昼なるとすごいインドの匂いが外からして、体育館は超藪蚊が出る。中庭の時計ボール当たって壊れてる」「見た目よか狭い。日が差さない。正門が鋭利。超刺さりそう」「西門の方で毎日四時に目覚まし聞こえる。音ピピピピッ、ピピピピッてやつ」「ピが増えるよね」「段々ね」

「校舎も先生もちゃんと一緒なんだ。だのに見かけた覚えすらないなんて」

「何かおかしなことが起きてるよ。何なのここは」

「現実ではなくバーチャな空間なのでは」

「仮想現実ってリアルなんだね」いった子が天井を見た。「ああ、目の濁りが泳ぐ」

「よく判らない。ここは登記ある不動産とか住所のある日本の土地じゃないの？　神様みたいな人がいて不思議空間に私らを閉じ込めたの？　校長先生がつまりそうなの？」

「ドア学校と同じだね。神様もドアは機械制大工業で作るのかな」

「溶接の資格とか持ってたら？」

「私たちはここを自力では出られないの？」

「もしそうなら出るためかかる試験に受からにゃいけんね」

「そうなら今から殺し合い？」

「だとして今から二千人以上の人間を殺さないといけないね。出来んの？」「不可能では」

「ドア開けるほど死人が要るってのはあんまドア開けんなって意味だったんだよねきっと。試験に沿って考えるなら最大で私たちは二人に一人合格出来た計算になるんだから。それが今や二千人に一人と。よく考えてから動くべきだったね」

「一対一なら殺してた？」

「切羽詰まったら殺しちゃうかも知れないね」

「出られるのだったら殺したかった？」

「したくはないけども」

「私さ」榿子はいった。「したくないことしなくていいようにしたくて」

周りが榿子を見た。「したくないこと？」

「昔あったんだけど幼稚園で」咳払い榿子は言葉を継いだ。「おもちゃだったと思うんだけどさ、先生がいうのよはいじゃあお片付け競争しますみたいな。誰が一番速いかなあそれじゃあ用意どんとかっていうとさあ、みんな何か片付け始めるんだよね。あほみたいなんだけどさ本当。あれ本当頭おかしいよね。私は片付けたくねえんだっつうの、何でびりだと馬鹿みたいになんだよって思って。馬鹿みたいにいわれたんだけどさその時に私。何かさあやりたくないこととか？　強制的に何かやらす時ってすぐに競争にするよね人は」いって榿子は恥ずかしそうに笑った。「ああいうのよくないよね。競争させればいうこと聞くだろみたいな発想？　不健全だよね。子供は馬鹿だからさあ、聞いちゃうわけじゃんそういう風にされると。そうじゃなく正しくない圧力には屈しちゃ駄目ってこと教えないと」

「何話？」

「健やかに生きなさいといわれても一緒でしょ」一椥子は振り向いて後ろ向きに歩いた。「殺し合いなさいって閉じ込めてくるのも。何故あなたにんなことといわれるのって。思うでしょ。意味判んないじゃん。そんなことどうして誰かが誰かにいうの。勝手なこといわれたって付き合う必要ないじゃん。強制でこれしなさいはいじゃあ用意スタートって、そういうの本当腹立つんだよね」

「いやなのはそりゃ全員そうだけど」「出られない自分はどうするの」

「関係ないよ出られなくても。したくないけどしなきゃって風にはだって何でも出来てるわけじゃん。大事なことでも糞みたいなことでも。だったらやなこと頑張んじゃなくて、したくないことしなくていいように自分で頑張って持ってかないと駄目じゃん。しないとやばいかなんて全然関係ないよ。

　じゃないとどんどん息苦しくなるよ。私にもあなたにも、いいことだろうがやなことだろうが神様にいわれても付き合えないこと、別に普通にあるんだから」

「つまり砕いていうと？」

「殺し合いとかちっともしたくないんだよね」

「つまり」似非子は考え込みながら話した。「つまり千人で殺し合いとかなら出来やしないから、ドア全部開けて試験とやらごと全部おじゃんにしようとしてたの。出ようと思っても誰も出られないように。命令とか競争とか死ぬとか殺すとか、自分がやりたくないこと全然しなくていいように」

「本当に？」「そんなことを？」

「癪じゃない？」やわな同意を梃子は求めた。「本当はしたくないけどとかいってるくせに、ちゃっかりそれをやるやつ大嫌いなんだ。あとやりたいことしててあなたはいいねとかいってくるやつ。やりたくないことは出来るままにしておくから後でやる羽目になるのであって、やりたくなっても二度と後戻り出来ないようにちゃんとしておくことが大事なのにね」

検証の余地は残っていたが歩き続けた三千人の卒業生は試験による脱出をほぼ諦めざるを得なかった。意志の統一は図るべくもなかったが先頭付近で善後策が初めて話し合われた。先頭が完全に立ち止まると後続が連携できず瞬く間に部屋が鮨詰めになり、満員電車の車両のような状況で会議は紛糾し情報を求めて隣室や隣々室も大騒ぎになった。

一応伝言ゲームの形で全隊の統制が図られたが、どれほど達成されているかは発信側からは不明瞭だった。

　話し合い自体はそう実りあるものにはならなかった。取れる行動というのもほぼなく、出られないならば留まろうということでこの地に入植を試みることになった。

　班が設けられて石の建物の開拓が始まった。壁の石が真実大理石かは物を知らないので誰にも判らなかったが大理石ならモース硬度3、お金で一応傷が付くらしいので掘削は出来るだろうと有識者間で考えられた。三千の女生徒のポケットには卒業式にかかわらず財布が百十ほど存在し、硬貨は二百枚ほど開拓班に集まり、その他準ずる金属の類、ヘアピンから鍵、鏡、素直にナイフを持っている者もおり、皆壁削りに用いられた。開拓現場は数箇所設けられたが人手の集中による不快指数の上昇は避けられず、また工事で引き起こされる交通渋滞が更なる息苦しさを生み周囲の環境を何もない割りに劣悪に変えていた。脱出のことも考えれば掘削は部屋と隣していない四面のどれかを掘り進むことが望まれたが、混み合い碌に動きの取れない喫緊の住宅事情を改善するためにまず部屋同士を繋ぐ壁を破壊し風通しをよくすることが速急の課題とされた。測量の結果部屋と部屋を隔てる壁の厚さは指で尺取りおよそ二十五センチ、開拓班は十人ほど横一列になって五百円玉で壁を引っ掻き続けた。一時間ごとに作業員は交代された。粉を僅かに出すだけの掘削は見るからに効率が悪く異なる手段が作業中めいめいの脳内で検討をされた。壁と共にドアの破壊も試みられていたが蝶番《ちょうつがい》やドアクローザーにねじ山が存在しないことが解体作業を難航させた。金庫や外扉のように容易に外せない仕様になっているドアは乏しい道具で外すには高い技術力で守られており、グーパンで鉄を壊せる生徒もいなかったため地道に蝶番の破壊が試みられた。決定的に物資が不足しており、班員の体力面の不安も大きかった。

兵站を築く意味でも食料の問題が議論に上がり、食事班が組織され問題解決に取り組んだ。みな卒業式の朝以来食べ物をほとんど口にしておらずこちらも速やかな解決が求められた。まず無数の女子の無数のポケットから僅かばかりの携帯食料を徴収し再分配する案が採られたが採算の目処が立たず行き詰まる結果となった。次に食料として白羽の矢が立ったのは排泄物で、トイレ（便所）は長い部屋部屋のあちらこちらに自然発生しており衛生上それらの処理も要改善の問題とされていたが、プレゼンが行われ一定の理解が生徒から得られたところで実際に食事班から食糞と飲尿が試みられた。結果危惧されていた飲料水の不足は当座の解決を見、先数日における命の危機はひとまず回避された。弊害で腹痛を起こす者も多く現れ（一部体調がよくなる者もいた）、同時に環境の汚穢化はより深刻に顕在化するところとなった。自他を問わない形での排泄物の収集再分配など大小排泄物を管理運用するための組織作りには大小の課題が残り、ひとまずの危機を脱したところでより尾籠なシステム作りには議会でも消極的な意見が多かった。食糞はあくまで危機の先送りでしかないので遠からず皆衰弱するだろうことも予想されて、肉体労働を行う開拓班に栄養不足の症状が見られた所で、方向としてはより高度な食糞システムの構築ではなく新たな食糧源の確保が模索された。

段階的に人肉食が採択され、食事班の指揮で収穫が行われた。細かくは汗、皮脂を舐める、髪を食べるなど自体自食からそれは始まっていたが、方針として固まったのち多数決で食糧はこれから開く部屋に寝ている生徒たちと相成り、被食者と捕食者に女生徒たちは分岐した。起き抜けの同級生を数人がかりで殺め鍵やペンなどを使って解体、目や脳を避けて一人の血肉が数人ごとに分配された。煙草を持つ生徒から火種は提供されていたが閉鎖空間で火を使うことに否定的な意見が多勢で、結果生《なま》での食人が推奨された。感染症の危険は予想されていたが専門知識を持つ者はおらず、例えば潜伏期間が数年単位であるならばそれほど問題視する必要も現状考えられなかった。結果多少の病気くらいという捉え方が広く共有され、次善的な緊急避難として人肉食は繰り返された。それら卒業生は食事班で分けられた後、先頭集団に行き届き、やがて補給班が組織されて、徐々に列後方へ向けても配給されていった。各人の判断により無食者、糞食者、人肉食者と捕食側の卒業生は大別され、時期を経て食性は移行することもあった。人肉食によって食糧問題、栄養問題は飛躍的に改善された。タンパク質及び脂肪は安定して摂取することが出来、ビタミンなども内臓から補給された。三大栄養素の内乏しいと思われていた炭水化物については死体の胃の中に朝食べたと思われる朝食が未消化のまま多く残っており、一人分の朝食を数人で分ける案配になるが米やパンなど穀物由来の栄養分を口にすることが可能と判った。朝食をよく食べている死体はとりわけ喜ばれ、朝が米だった者、あまり嚙まずに飲む者、単純に肉付きのよい者なども高い価値で分配のやりとりをされた。稀に朝からいじめにでも遭ったのか胃袋からミミズや虫が出てくる人体があり、それらも希望者や人を食えない者などが食した。痩せぎすを回された者も当然出たが、例えば腕一本多くよそから貰うなどしてさしたる基準なく場当たり的に裁量された。

死体の多くの胃から未消化の朝食が回収出来たことから未だ開けられぬ部屋に横たわる同級生たちはただ深い眠りに落ちているのではなく、時間的にもその活動の一切を停止せしめられているものと推察された。各部屋に保存された攫われた直後の同級生たちはドアが開くと同時に活動を再開し、再び死へと活動していくものと考えられ、ビデオのボタンのような現象が略取の下手人によってもたらされているだろう可能性は漫画的想像力を獲得していっている女生徒の間に自然に膾炙していき、その技術が石とドアだけでどうやって成立しているのか曖昧だったが、何も装置のないことがかえって超常的な能力を認める足がかりになった。結論として難しいことは考えずドアさえ開ければその都度新鮮な肉が新鮮なままに恐らく幾らでも手に入ると判り、食事班は気勢を上げた。先頭から送られてくる死体は少しずつ後方の集団に行き渡っていき、食事班は次々と集団をまかなえるだけの死体を算出供給していき、加速度的に区画を先行していった。

食事班が先行する分補給線は拡大の一途を辿り、やがては糞食、人肉食を問わず配給の格差を生み出した。一人当たりの量や回数も食事班が得るものが最も良質であり、その後は列の前方ほど満たされ、後方に行くにつれ回される死体は減っていき、満足な配給は実現されず空腹《くうふく》に苦しむ様相となった。行き渡る前に餓死者が発生し、死者がそのまま食べられることもあった。ある位置より後ろの者には人肉が行き着くことすらなく、食料が配給されているという情報すら回されなかった。集団を指揮している中心人物達は自然前方に集中しており配給を十全に監督する者はいなかった。食事班が区画を先行する分事態は深刻化し、配給の遅れる後方集団は食料の安定した分配を求め物資の豊富な先頭を目指し移動を始めた。黎明期に梃子によりもたらされた大移動がそのようにして再び発生した。動けない開拓班などを除く女生徒の多くが率先して先頭集団へ接近し自身の配給を取りこぼすまいと行動した。食料を求める者が増えれば食料を産出する食事班は加速度的に先行しその仕事量を増やしていった。過疎化が進むにつれそれまで敬虔に延々壁をスクラッチし続けていた開拓班の中にも現場を放棄し移動を始める者が続出し、なし崩し的に開拓計画は瓦解した。土地を開くまでもなく発生した大移動によって人口問題は解決され、流動することによって衛生問題も遥か後方へ遠ざかっていった。肉が手に入るとだけ聞き合流した落伍組も含め目的地なく遠征する女生徒の群体はその頃総勢で数万人を超えていた。先頭と後方での流通も瓦解した。食糧が充足しているのはごく先頭だけとなり、渋滞の著しい中間部では闘争も発生した。満員の部屋で肥大したストレスが暴力を呼び寄せ局地的に殺し合いの様相を呈し、一度膾炙した人肉食文化の下殺し合いは共食いにそのまま繋がり目の前に食糧が立ち並んでいることに気付いた中流集団は互いに狩り合いを始めた。渋滞が緩和されると食糧を寡占する食事班に暴力の矛先は向かい、対抗する食事班と後続集団との間で抗争が発生した。ドアを塞ぎバリを築く食事班とそれを突破せんとする後続集団は争い、両者食い終えた人骨で武装し数度の直接対決を遂げた。やがて数で勝る後続集団が体力で勝る食事班を打ち破り、そのまま戦利品として彼女らを髪や爪や軟骨まで完食し、取り残された後方ではその頃大移動に参加しなかった小集団たちが緩やかに衰弱死を迎えていき、集団の人口は急速に減っていた。残された女生徒は再度組織を編成したが戦争による人口統制の有用性に気付いた一派が次世代の中心人物らを集団で殺害し、組織的な間引きによってより多くの利益を得ようと試みた。一つが二つに分かれ争い合い、一つが滅んではまた二つに分かれ争い食糧問題は解決し大移動は止まった。最盛期には数万を数えた女生徒の隊列は人数にして数十人まで絞られ残る全員が狩猟に長けた好戦的な人種で構成されており、ある日ふと試験問題を読み直した一人があと一息の殺戮で現集団を一人に絞ることが出来ると気付き、そのように行動した。数十人は数人になり数人は一人になった。殺せる者は殺し、遡って殺すことの出来ない過去方向の部屋に生存している人間が死ぬまでは移動と食人を繰り返し、遠からず訪れるnマイナスmイコール1を待ち、やがて後続の全員が息絶えて生き延びたその女子は試験の案件を満たした。

二〇　〔豊村画祢子〕

「というようなことが過去どこかであったろうと推察するわけなの」

「私たちのように開拓を志した集団が過去にもいたというの？」

「何人に一人かは判らないけど」大理石の部屋の中初対面の同級生十余人に向けて豊村

画祢子は語っていた。画祢子はこの集団に於ける先頭ではなく単に一番のお喋りだった。「私たちが先頭のこの集団は既に総勢五十名ほどに膨れあがったわ。この空間がどこまで続くかまだ判らないけれど、もし真に無限に続く鏡合わせの中の部屋世界がここなのだったら、私たちが向かうべきは未来ではなく過去方向よ」

「食糧問題を人肉で購おうとすればドアの未来へ歩き続けるしかないのでは？」体育座りのぐり子が訊いた。この集団に於いては既に慣用句として過去や未来とは時間より空間の来し方と行く末を指す言葉になっていた。

「この集団の先頭はぐり子さんあなただけれど、もし先方が無限に続くなら後方が無限でないのはかなりおかしいよね。先頭がいるのってどういうことだと思う？」

「今の話だとでいい？」ぐり子は照れつつ生徒のごと答えた。「私より前にいた子はさ、もう脱出したってことかな。他の子死んで最後一人は脱出して、そこで一旦過去方向の部屋部屋部屋は無人になるよね？」へやべやとぐり子はいった。「そういう状況が発生するってことでしょ？　この試験ではというか、豊村さんのいいたいことって」

「ね！」目を輝かせて画祢子は頷いた。「例えば殺し合いがあるわけじゃん、数人でやってるかも知れないけどさ、今いったパターンだと数百人の戦争になってるかも知れないじゃない」「あるか？」「無限にあるなら無限のパターンが起こるかもじゃん。かもだけどさ。少なくとも量的には部屋当たり一人の死体が転がってるわけだよね。あってるでしょ？」

「それがどうなるの？」

「開拓は失敗したってことだよ。私たちが現にこうして起きているのは。原因は色々あるだろうけど、未来方向に行き過ぎると今いったようにかけっこになるのよ。きっと。バランスを失すると開拓は成功しないよ。食糧と開拓は同じ程度に進行しなければいけないんだよ。ただ喫緊の当座を凌ごうとするとどうしても食糧に力が傾いてしまうわけ」「解決方法が過去にあると？」「食事班は最低限にしてとにかく掘削を成し遂げる必要があるの。過去方向への進行手段を得れば大きく私たちは楽になるしそこまでがきっと勝負なのよ」「そうなのー？」

少数での開拓の試み

画祢子を始めとする集団は制御出来る少人数での開拓に踏み切りひとまず過去方向へ向かうことにした。食糧は必然的に人肉でまかなったが未来方向の同級生全員を食すのでなく、半分ずつを労働力として開拓を手伝わせた。それでも母集団は百人に満たず硬貨もナイフも十分には揃わなかったが、人骨を回収しそれを用いて壁を傷つけた（**人骨の利用**）。作業はやはり遅々としていたが、蝶番周りを破壊し扉を外すことに成功した。

ドアの利用法

①取り外したドアはそのまま壁の破砕に用いられた。数人でドアを抱え次のドアの蝶番部分にぶつけるという方法が取られた。骨を用いた場合と比べ破壊の速度は飛躍的に向上した。②幾度となく衝突を繰り返すとドアは歪みひしゃげた。ドアの割れた部分を人力で曲げ折ることで**鉄の切片**が入手された（**ドアの加工**）。切片はのこぎりやナイフのような機能を果たし、女生徒の人肉の切り分けなどに用いられた。③②を用いてドアの加工も行われた。ドアを長く切り出し棒や包丁、鶴嘴状の鉄器などが作られ壁やドアの掘削に用いられた（**鉄器の多様化**）。④打製鉄器による掘削によって打製石器もまた作られ利用された。**道具の量産**により開拓はより効率化されていった。掘削の方法もただ叩くだけでなくくさびを入れて石を割るような工夫がされていった。また卒業式で用いるために爆弾を持っていた者がいたため、壁に対しての発破なども行われた。

このようにして画祢子らは集団の先頭である沖山ぐり子の寝ていた部屋より過去方向への進出を果たした。過去の部屋で画祢子たちはそう古くない人間の死体を幾つか発見した。

死体は女子で制服を着ており、画祢子らと同じ卒業生の出《い》で立《た》ちをしていた。自分たちの過去に同じことが繰り返されていたとする、画祢子の主張は受け入れられるところとなった。

死体はどれも変色しており、腐敗が進行していた。ぐり子の目覚めるより少し前に死んだのだろうと考えられた。ドアはその先幾つか開いており、彼女らも何人かの集団であったと思われたが、部屋の数と比べ死体の数が一つ足りなかった。出口の一つもやはり見つからなかったが、最後の一人は脱出相成ったのだと多くの者が解釈をした。この集団に開拓をした様子は見られず、死体の様子から五人の女子が素手ごろで殺し合ったものと推察された。

石器と鉄器を手に入れた彼女たちは効率的な作業で石の部屋の開拓を推し進めていき、その後どこへ行き着くこともなく、やがて手にした道具を武器として互いに殺し合った。

二一　〔畠山睦子〕

「死体だっ」

開拓を志し過去方向の扉を破った畠山睦子は転がる複数の死体を発見し叫んだ。驚きのあまり手に持つ扉の破片を落とした。血を拭いつつ駆け寄ると転がる死体も立女の制服姿で、恐らく自分たち同様に彼女らもこの焼き増しの部屋に閉じ込められていたものと思われた。

見る限りこの数人の集団はただ殺し合っただけで、食人行為には至っていなかったものと推察された。綺麗に残る手前の一体はいかにもまだ新しく、驚くことに蛆《うじ》が湧いていた。

「蛆が湧いてる」頓狂な声を睦子は上げた。「どうして？　変じゃないこれ？」

「蠅がいれば蛆も湧くでしょ」背後で村山帯子が答えた。

「延々に部屋が続くだけなんでしょ。一体どこから蠅が入ったの」いって岡田別子がはっと気付いた。「つまり、この部屋は外と繋がっているの？　蠅が通れるような通路がどこかに？」

「本当？」睦子は驚いた。考えもしなかった可能性だった。

「空気があることもおかしいと思ってたけれど、やはりどこかで外に出られるんだよ。湧く蠅はそれの証拠じゃない！」

「落ち着いて岡田さん」帯子がなだめた。「ナイフを持ってる子やゲーム機持ってる子がいるように、蠅付けてここ来た子がいたんでしょう。卵持ちのやつ。多分ここより過去にドアを開閉して、蠅はそこからやって来たんだよ」

「本当？」睦子は落胆した。「外とは繋がってないの？」

「落ち込むことない。むしろ超ラッキーかもよ」帯子は肩を叩いた。「見てまだ死にたてだ、辿り着くまで早かったんだよ私ら」

ドアを壊しさらに進むと腐った死体がさらに発見され、群がっていた大量の蠅も確認された。蠅だらけの部屋は先幾つも続き、未来方向へも広がっていって、睦子らの糞便まで辿り着き、さらに繁殖するものと思われた。

「このまま行くと何があるの？」潰れた肉刺《まめ》でぐちゃぐちゃの手を死体のブラウスで睦子は手当てした。「白骨死体があるだけじゃないの？」

「そうかもしれないしそうじゃないかも知れないんだよ」帯子がみんなに考えを説明した。希望を持って彼女らは前進を続け、やはり何にも辿り着かずそのまま死んでいった。

開拓の試行錯誤

閉じ込められた卒業生達のうち何らかの形で殺し合いを志向した者たちと比べ、開拓を志した者たちはごく少数だった。行動した集団はそれぞれ自発的に開拓を発想したことになるが、当然その構想には大小の差異が存在していた。開拓の達成度もそれぞれで、多くが瓦解し最終的には殺し合うことになった。バランスを誤れば計画は頓挫し、運の要素も大きく影響した。多くのグループは過去方向の部屋で殺し合った卒業生達の死体を発見したが、自分たち同様開拓を志したろう集団の存在もある程度想定して開拓を構想していた（後述）。

二二〔大石蕗子〕

講堂へ続く狭い通路を歩いていた大石蕗子は気が付くと暗い部屋に寝ていた。部屋は四角く石造りだった。部屋には二枚ドアがあり、内一方には貼り紙がしてあった。貼り紙を熟読した蕗子はドアを開け、隣室に女子を認めるとこれを殺害した。

二三〔大倉記理子〕

講堂へ続く狭い通路を歩いていた大倉記理子は気が付くと暗い部屋に寝ていた。部屋は四角く二枚ドアがあり、内一つには貼り紙がしてあった。貼り紙を熟読した記理子は幾つかドアを開け数人の女子を起こした。相談の結果女子たちは直接命を取り合わず、代理の競技で生き残る一名を決めることにした。互い生死をかけてなぞなぞを出し合い、最も正解の多かった一名が決まったが、いじわる問題などが理由で不満が噴出し、最終的には殴り合い一名が生き残った。

二四　〔古川工子〕

講堂へ続く狭い通路を歩いていた古川工子は気が付くと暗い部屋に寝かされており部屋は四角く石で出来ており部屋には二枚ドアがあり内一つには貼り紙がしてあった。話し合いの結果直接殺し合わず代理の競技で生き残る一名を決めることとなったが、得手不得手があり統一ルールが設定できなかった。便宜的にトーナメント制が用いられ各対戦ごとに競技内容を決めることになり、一名が優勝したが、敗退者が裏切って疲弊した優勝者を葬り、最終的には全員で殴り合い一名が生き残った。

二五　〔大久保鶴子〕

講堂へ続く狭い通路を歩いていた大久保鶴子は気が付くと暗い部屋に寝かされており部屋は四角く石で出来ており部屋には二枚ドアがあり内一つには貼り紙がしてあった。

鶴子以下数人の話し合いの結果便宜的にトーナメント制が用いられ、反乱が予想されたので敗者から順に死んでいくことになった。一勝負ごとに一人死んでいき、集団は四人になり、二人になり、最後の勝負が終わり優勝者が決まったが、最終的には殴り合い一名が生き残った。

二六〔西屋蔦子〕

講堂へ続く狭い通路を歩いていた西屋蔦子は（中略）幾つかドアを開け十数人の女子を起こした。話し合いの結果女子たちは直接命を取り合わず代理の競技で生き残る一名を決めることにした。代理手続きには反乱が予想されたので厳密な競技の運営が求められ、トーナメント方式が採られると共に運営委員会が設けられ、各試合に審判が付くなどより公平性を高める試みがなされた。敗者は速やかに運営委員の手で命を奪われ、勝者はそのまま運営に加わり他の試合を助けた。

理不尽ともいえる行動を強いられるかく空間において自分たちが奪われた自由を身体に関するものと意志に関するものとにその集団では大別して考えていた。人間らしい生活や安全を奪われたことが前者で、望まざる行動を強いられることが後者に当たった。生存権と自由意志を著しく損なわれるところに状況の悪質さが集約されるとし、しかし前者の全面的打開が事実上不可能と思われたため、主に後者の回復や新しい形での獲得が避けられない死の苦痛を緩和する手続きとして求められていった。結果互いの意思を尊重しより納得のいく形で理性的に命の奪い合いを遂行することに集団は注力し、貼り紙によって宣言されたルールではなく自分たちで協議し定めた試合規則に則りそれを成すことによって、損なわれた理性や意志、引いてはそれを持ちうるべき人格を全う出来るという風に考えられた。逃れられない死に対し意志を介在させるための手続きを踏むことで死に行く人の尊厳を守ろうという心の働きから、競技の運営はフェアネスの導入という以上にその根本に葬儀のような儀式的側面を強く含んでいた。

全員の協力の下運営は役目を果たし、事前の申し送りの下、最終的には二人で殴り合い、一名が生き残ることになった。

二七〔岡村針子〕

講堂へ続く狭い通路を歩いていた岡村針子以下数名の女子は話し合いの結果直接命を取り合わず代理の方法で生き残る一名を決めることにした。個人の能力で選ぶことは公平さを欠くとして方法としてはくじが用いられた。全員でくじを引き当たりを引いた一名を他の全員で殺害し十数人を間引いていき、最後の二人もくじを引き、最終的には殴り合った。

二八〔木並鳥子〕

講堂へ続く狭い通路を歩いていた木並鳥子以下十人の女子は互いの意思を尊重しより納得のいく形で生き残る一名を決めるべくトーナメント制を導入し組み合わせは当然くじで選び、勝負における個人の能力の占める割合が高くなり過ぎぬよう競技自体も毎回くじで決定した。さらに総合力のある者ばかりが有利になり過ぎないように不確定要素を高めるくじ（引いた者の手か足を縛る／引いた者に加勢が付く／互いに目隠しをするなど様々考案された）が設けられ、また対戦までの時間もくじで決めた（一戦ごと十分から四十八時間の間）。

最終的には二名が殴り合うことになるにせよ個人の能力を活かす余地と十分な不確定要素を含みかつ対戦ごとに準備期間を設けるなどルールを煩雑化させ、数多くの手続きを踏めばその分より公平を期すことが出来るというような発想だった。

二九〔鈴木斑子〕
隣室の女子は貼り紙を読むと、斑子に自分を殺すよう命じた。斑子が拒むと反対に襲い掛かってきて、必死に抵抗すると勢い殺してしまった。

三〇〔梅津泳子〕
相手が貼り紙に気が付く前に、異常者を装って泳子は襲い掛かった。揉み合う内に上手く万年筆など渡して、首など何度も狙わせ刺させた。

三一〔堀越柿木子〕
講堂へ続く狭い通路を歩いていた堀越柿木子は気が付くと暗い部屋に寝ていた。部屋は四角く石造りだった。部屋には二枚ドアがあり、内一方には貼り紙がしてあった。貼り紙を熟読した柿木子はドアを開け、隣室に寝ている女子を認めるとこれを殺害した。

三二　〔日下部手仕子〕

「日下部さん」
浅く眠っていた手仕子は、ふいに声を掛けられ、慌てて寝ていた体を起こした。
「ごめんなさい」戸口に立っている、半身の神戸雹子が見えた。「給食の時間」
返事も惜しんで、手仕子は静かに立ち上がり、さ、と裾を払った。「鉦、鳴ってい
た？」
「いたよ。皆、もう食べ始めてる」遠慮がち目を伏せて、雹子は手仕子の部屋にす、と
入ってきた。こうして雹子と話すのも、久し振りだと気付き、気持ち手仕子は、胸が苦
しくなった。いつもは親衛の子達が彼女を取り巻いているので、出会った頃のように、
二人きり話す機会など、もう何月もなく、雹子の方でもこの時間を、惜しんでいるのか、
どうか、所在なく立つ素振りからは、それと判別出来なかった。
「荷物、まとめるから」会話が途絶える前に目を切り、手仕子は身支度を調《ととの》えた。
手仕子の体を眺めて、雹子が少し頭を傾げた。「荷物、それだけ？」
「石、割れちゃって」わざと手仕子は肩を竦めた。「また作らなきゃ」
「手伝おうか。一人で作るの、大変でしょう」

「いいの」髪を押さえて、手仕子は手を振った。「ただでさえ神戸さん、リーダー大変なのに」

他の子の鞘当てに合うのも、ごめんという気はしたし、そういう手仕子を、雹子の方でも、今ではきっと、見透かしてもいるものと思われた。人に好かれる子が嫌だ、というわけでもなかったが、重荷を負っている同い年のその子を見ると、ただ物思うにも、遠慮が走るのだった。

訊いた雹子は、言葉ばかりでもなかったらしい様子で、少し声を落とし、相槌を打った。

「よく壊すから、作るの上手いし、私」努めて手仕子は軽くいった。「慣れたもんだよ」

「それ、下手なんじゃ」笑って雹子は、自分の石器を見せた。「壊したことないよ私」

「へえ。ちょっと見せてくれない」

「うん」自前のそれを雹子が差し出した。「いいよ」

受け取る直前手と手が触れて、刹那、雹子がぱ、と体を引いた。

大きな音を立て、雹子の打製石器が二人の足下に落ちた。

「ごめん」

「いえ」手仕子は慌てて人骨で出来た柄を摑み、そっ、と雹子の顔を盗み見た。軽く顰めた雹子の顔が幾分赤いような感じもしたが、ぼんやり暗い部屋では、判然としなかった。

「その石器、貸してあげる」

押し切るよういって、雹子は一歩下がり、踵《きびす》を返すと未来へと消えていった。開け放しのドアの向こうから、上履きの音がぺたぺた、と響いた。自分の顔が、耳まで熱いのを自覚しながら、手仕子は雹子の石棍棒を、胸に抱いた。

初期開拓民の生活

人肉食では大人数の集団を維持出来ないが好戦的な女生徒を少数派として御しきれる程度の人数が共同体としては必要であると考えられた。揉めごとに対処する班を組織するとして異なる班の間で配給等を巡り対立しないよう班の間に信頼出来る関係を築いたり、各班をまとめるリーダーを置くことが求められた。知らない相手に従うことは生死がかかるほど難しくなり、組織というよりはリーダー個人の人格によって卒業生達はまとめられていき、それに成功しなかった集団は崩壊していった。全員と友達になれる者、ほの字にさせる者、愛され力で乗りこなす者、いじめ型の圧政によって全員を強く導く者などその有り様は様々で、集団内でリーダーとしての神性を得るために自分の四肢をメンバーに食物として提供した者などもいた。カリスマへの奉仕であれ釜飯御相伴刹那的一致団結であれ、どの集団もフロンティアスピリット溢れる強い意志によって統制されていった。

～初期開拓民の生活モデル～

最も原始的な形で長期安定した開拓民は過去方向への開拓を行わなかった。

・衣

基本的には脱ぎ捨てであり、食した死者の身ぐるみを剝いで新しい衣服を手に入れた。物資に乏しいこの空間に於いて衣類は最も潤沢な資源の一つで、こと清潔な洋服には全く困らなかった。再利用法も多岐に亘り、風呂敷、間仕切り、落とし紙から燃料に至るまで幅広く活用され、制服の改造も流行した。石室の中は過ごしやすい温度と湿度であったため開放的なモードが主流だった。あわせて手芸にいそしむ者が多く見られた。

・食

人肉食が安定して志向された。道具の充実により解体も効率化し、また生食が主流だったが限定的に煮炊きも実践されていった。肉の保存・携帯についても試行錯誤がなされて、塩（汗から抽出。希少品）漬け、燻製などの加工が行われた。

・住

この頃の立女の八十期卒業生は狩猟採集民であったため食物のある区画へと移動を繰り返し生活を営んでいた。基本的には移住生活に必要な、かつ持ち運べる道具のみを持ち頻繁に集団は引っ越しを繰り返した。定住居はまだなく一人か二人で一部屋を使い、多くとも十数名の構成員で狩りと文化的家族生活を営んでいた。原則としてドアは開け放たれており、棒を立てかけるカーテンや移動式簡易テントが普及していた。

〜班の多様化〜

人肉を支度する給食（食事）班を筆頭に幾つかの班が設けられた。**風紀班**は不満分子を抑え集団内の治安維持に努める役目を負っていたが、内部対立を煽らないよう表向きは外部の脅威から集団を守るための役職とされることもあった（集団において部屋と人の構造に十分な理解がされない場合とあえてリーダーが誤解を招き統率を図る場合とがあった）。捕食する卒業生の抵抗甚だしい場合も腕を奮い、それら衝突で集団に負傷者が出た場合は**保健班**が手当を行った。応急処置から深刻な外傷、病気、体調不良、精神失調など一手に引き受けたが、いずれの心得も不十分ないし全くない場合が殆どで、素人療法が蔓延した。治療が元で悪化、死に至る例も多くあったが、基本的にはトライアンドエラー、実践と検証が推奨され、開腹や開胸手術が行われたこともあった。実質的に気休めに近い役職ではあったが、虫歯の治療・予防等一定の成果を上げることもあった。頻出した発狂者対策のカウンセリング班など別個設けられる例はあったが、いずれの病状も回復が見込めない場合患者は最終的に給食班に預けられた。図書班は稀に見られる役職で、主に遺書の類を管理する所からその仕事は生まれ、やがて数多く発生する死者を弔うような意味で生徒手帳を収集管理しつつ区画を移動するようになっていった。肉は食糧になり骨や服飾は再利用され結果残った面識のない同級生の存在した唯一の証となる顔写真付きの学生証と生徒手帳とをある種の供養として、あるいは遭遇した奇妙な状況の端的な証拠として未来へ持ち帰ろうというような運動が集団によっては見られることもあった。

長期的に安定した生活を営んだ初期型開拓民だったが、構成員の高齢化や病死・狂死者等が出て共同体の維持が困難になると新たな女生徒をメンバーとして招き入れた。生活の長期化で不和が広がり、指導者の交代にまつわる折衝で集団が崩壊することなどもあった。

三三　〔高村ナド子〕

「私の人生これでいいのかな……」

もも肉を食べながら羽田ロジ子がそう呟くのを高村ナド子は向かいの席で耳に留めた。「娯楽がないって？」取り分けた食事をマィ頭蓋冠によそってナド子はロジ子に渡した。受け取るロジ子は食欲がないわけでもなさそうだったが、最近はこうしてわけもなく気の塞ぐことがあるらしく、少し垂れ気味の目をぼんやり目の前の卒業生のへこんだ腹腔辺りへ向けていた。

味付け耳をごりごりいわせてナド子は咀嚼した。食事など繰り返す度飽きるものだが、俯いて関節《ほじ》を穿るロジ子は憂鬱か何か、心次第で見当たらぬものをどこか求めているようだった。「楽しいことは、そりゃないけれど」

「ううん」いってみただけ、といいロジ子は首を振った。「枝葉ない暮らしは一日が長いね」

そういう彼女が日夜壁に向かい数学なり英語なりを一人復習していたことも、空しさにやがてやめてしまったことも、暇に飽かせて一句詠んだらそれがおーいお茶に載るくらいすごい出来だったことも、仏像（アシュラくん）を彫っていたこともおよそナド子は承知していた。いつも部屋が隣なせいだった。ロジ子に限らず誰もが寝て起きて太る自分を不本意とはいえそう素晴らしい物だとは思えないでいたし、かつて見損ねた浮世の煩雑さも長い人生に強ち無意味でなかったなとは、ナド子なども思うようにはなって来ていたのだった。

「寝て起きて食うや食わず石屋の中をただ流離うばかりの、心苦しけれどもそれも生き身なれば」歎きながらもすごさむずらんと自己完結してロジ子は笑った。目立つ八重歯が覗き、口を開く度の生臭い匂いも、気にならない程度には慣れてしまっていた。板に付いたような卑しさを見る内、しかしナド子は頭に血の上る自分を覚えた。そのような顔をされるのは全く不本意だった。ロジ子にはもっと対岸の火事のように喜怒哀楽を安全に使い切って欲しかったし、身の丈に絡め取られて萎んでいくよその花は害意のようにでも守ってしまいたかった。確かにそうだとナド子は思った。他人を食い物にしている自分の生活を思う様水増すことに気後れしていただけで、ぽんぽんばかり強くなっていくこの生活をいつか変えたいとはみんな考えていたはずだった。

「そうしよう」食事を終え、ナド子は頭を一生懸命回転させた。「羽田ロジさんに見せてあげるよ」

もつを飲み込みロジ子が瞬いた。「何を」

「広い世界だよ。ちゃちな功名心風で吹っ飛ぶような千年帝国の女王様にしてあげる」あけすけに振る舞い調子よく声でロジ子を殴ってみせた。口元の血も拭ってやった。

「あなたの自己欲私が満たしてあげるから、その時はきっと笑ってよ。まるでもっと楽しそうに」

「プロポーズ?」二人を見ていた他の子たちが笑った。

奴隷制度の発展

構成員の性癖あるいは長の支配力で集団の人数は増減し数十人の大家族を抱えた初期開拓民は長の指導の下奴隷制を導入していった。奴隷制は開拓民の生活に著しい変化をもたらした。大きなメリットとしては今までただ消費していた飯が自ずから労働も行うことであり、獲得した大きな労働力によって開拓生活に定住の可能性が開けていった。狩り場へ移動していく従来の生活から奴隷を持ち帰り拠点で働かせ最後には食料とするようなやり方へと変化していき、その後も改善や工夫が重ねられた。集団の構成員を奴隷と支配層に分けることで配給に格差を付けつつ集団を維持していくことが可能になり、増大した労働力の多くは再び始められた開拓に振り分けられた。定住する空間は四方に掘削し拡大されていき、大集団がいくつかの部屋で共同生活が送れるようなキャンプ場が作られていった。奴隷となる女生徒は捕らえられると同時にまず胃の中身を器に吐かされ、貴重な栄養源の吐瀉物はそのまま支配層の食卓に回された。その後検査を受け歩けるか歩けないか、話が通じるかどうか、五体満足不満足などで簡単に分けられ、働けない者は従来通りその場でしめられ飯にされた。奴隷合格の女生徒は槍等で武装した監督班の監視の下仕事を任され、居住空間を拡張したり、外へ出るための穴を掘ったり、新たな奴隷を起こして捕らえる作業などに玉の汗を流した。奴隷自身にはこなしている仕事は新人からのランクアップ制と説明されており、頑張り次第で昇級のあること、笑顔で働ける楽しい職場であることなどが伝えられていた。職場は数区画に分けられ縦割りで管理されており、全体で人間の流れがどうなっているのか、奴隷階級の女生徒らからは判らないような仕組みになっていた。自分たちの食事が人肉であることは知らされていたが、今日食べている粗悪なバラ肉が昨日異動した同いのあの子であることも、明日自分がどこかにあるらしい厨房で出版物では書けないような感じにされることも知らなかった。

奴隷制が明日知れぬ漂流の生活から立女の卒業生を解放し、定住の生活はやがて運搬技術の向上を促していった。開拓が進むにつれ奴隷の効率的な輸送と掘削した砂礫の速やかな移動が求められていき、まず再発明されたのが橇のような道具だった。ドアに縄を結んだだけの簡単なものから骨で作った滑り木を付けたもの、地面に盤木を設けた木馬のようなものと作られていき、やがて車輪を再発明した女生徒（奴隷）の功績で本格的な四輪運搬車がその空間に初めて出現した。なめした人の皮や上履きのゴムなどで摩擦のあるタイヤを作り、芯棒に脂を塗るなどして車輪機構の質も徐々に改良されていった。そもそも整地された平坦な人工物であったため車は大いに活躍し、開拓民の移動力を飛躍的に向上させた。

段階的に開拓は進んでいった。壁を破壊し数部屋を繋ぐ程度の棒状住居から左右の石を掘り広げていく蟻の巣型住居、それらが繋がり巨大な庭状の空間になり、周縁を徐々に広げていくことで十ヘクタールほどの空間が間隔を空けて幾つか開拓された。

開拓地で暮らす女生徒の数もそれに合わせて数を増していったが、そのほとんどが奴隷かそれに準じた階級を課せられた者だった。

三四　〔湯原草子〕

「遅れてすみませんっ」息せき草子が研究室に飛び込むと、室内の女子たちが一斉に草子の方を見た。胸を押さえて草子はいった。「すいません。寝過ごしました」

「湯原さん」女子の一人が立ち上がり長い髪を揺らしながら草子の方へ詰め寄ってきた。

「遅刻！　三十分！　これで何度目と思ってるの」

「桧山さん。あのねえごめんなさい」

「ちゃんと目を見て話しなさい！」一喝され草子は背筋を正した。今日の彼女はいつも以上に虫の居所が悪いらしかった。「何その顔は。私が好きでがなってると思うの」「全然。本当。堪忍ね桧山さん」深々お辞儀し草子は拝んだ。「もうしませんから」桧山地図子は怒りを露わにしたまま今度は草子の服装や髪や頭皮の匂いまで文句をつけ始め、ついには自分の手で草子の制服をいじくり回し出した。やたらに思えるその口煩さは人一倍ずぼらな草子に対し特にその程度甚だしく、どこでも彼女がそうなのか例えばこの空間に閉じ込められる前でもこんなうるさ型だったのかというのもちょっとない気がしていて、もしかしたらここでの暮らしでちょっとおかしくなっちゃってだからこんなやかましいのかなという風に草子は考えていた。

「二人共その辺でね」笑いながらリーダーがいった。「席ついて。じゃあ続きから」

「はい」笑い止んだ耳の赤い女子が咳払いした。「光源調査の五次報告です。現在概算で地下百十メートルまで掘削が進みました。依然光源は地下方向にあり、気温、光量などもも体感で変化ありません。結論としてはまだまだ遥か下に巨大光源は存在するという風に考えています。今後ですが、一旦現在の穴の掘削を止めて、距離をなるべくですが空けて、同様の穴を掘ってみることを考えています。理由は石の空間の同一性みたいなものの確認と、今の穴が事故が多いので、もう少し安全に作業できる掘り方で新しく始めて、効率を上げたいと」

「なるです」

「地上に関しては過去―未来方向、その両左右方向に拓いた場所、いずれでも出来る影に差はまだ測れません。まじででっかい太陽的なのなのか、細かく光源が点在しているのかはまだ不明です。ただ不透明な石を透かす強力な光なのである程度掘れば目に見えて採光量に変化が出るはずと考えています。明るさを数値化できませんが、いずれ肉眼で差を確認出来ればと思ってます。以上です」「じゃあ時計回りに」「はい。死亡条件調査の五十二次報告です」

研究の発表が続き、隣の地図子の熱を感じながら草子も内容に集中した。細かい調査報告が幾つかなされ意見を交換し、大きい実りは変わらずないままその週の会合は終了した。

基本的に解散後は自由時間なので、草子も小さい部屋を出て拓かれた石の空間へ出た。後ろから地図子の熱気が近付いている気がしたので、恐々としつつ過去方向へ歩いた。

「湯原さん」地図子の声が聞こえた気がした。「湯原！　聞こえてるの」

「ごめん今聞こえない」

「シビアなことをいわないで」ふいに手首を摑まれ制止はされずに二人で歩き続けた。よく判らない感じになってるなと思い、おかしいのでそのまま草子は進んだ。「寝坊って嘘でしょう。来る時ちゃんと起こしてってたじゃんか。あなたいつもどこで何してるの？」

「どこって同じ班じゃない」草子は肩をすくめた。「桧山さんと一緒に調査してるのに」

「今日みたいな時」奴隷の卒業生が横合いから来て、草子らは止まり道を空けた。少し離れた工事現場で棟梁の女子、おそらく高村ナド子が陣頭指揮を執っているのが小さく見えた。皆忙しそうだった。「ねえ湯原さん、私たち研究班が」目を合わせ二人は歩き始めた。「私たちがああして自分の手で石を掘らなくていいのは奴隷の子たちのお蔭でしょう。土地を拓くのがあの人たちの仕事なら脱出の方法を見つけるのが私たちの班の仕事でしょ。自覚しなさいというのはそのことだよ。私たちは時間を貰ってるんだよ」

「うん……」

「あなたが本気にぐうたらしてると思っていってるわけではないよ。でも人のことなんて外からは判らない。遅刻をしたり赤目で寝癖だったりを見られて、あなたを無能と決めつける人もいるかも知れない。あなたを外して新しい子と入れ替えようと思うかも知れない」少し強めに手首が握られた。「そうなると私が堪らない。あなたが聡いと知っているもの。別にうるさく嫌っていいけど、こんなとこでも人目は気にして。天地がここになかったとしても、誰かはあなたを見ているのだから」

「桧山さんみたく？」

「ほんとさあ」判りやすく地図子はかっかした。「茶化さないでよ」

「怒ってくれてありがとう」笑って草子は振り向いた。「ねえ、ちょっと付き合って」

草子は地図子を連れて開かれた石の空間を過去方向へ辿った。洞穴のようだった空間は段々狭まっていき、扉が取り払われた四角い出口が見えた。その先は人のいない廃墟になっていて、一キロほど遡った先、今は使われなくなった蟻の巣型の住居に二人は着いた。

「前の居住区？」捉えかねるように地図子が草子の裾を握った。

「お参りに来てるの」ここには骨があるからと草子はいった。「研究室はいつも最前線だから、日に日に遠くなっていくね」

「いつもここに？　もしかして他のところにも？」

「私も食料だったかもしれない」ただのごみ穴に草子は手を合わせた。「お墓も作れないけど、これくらいはと思って。この子らに私は生かされてるのだから」

「いつかきっと」強い目で地図子は草子を見据えてきた。「いつか皆でここを抜け出しましょう。奴隷の子たちも本当に皆で」

桧山地図子のその熱は草子にとっても心地が良かった。頑張ろうねと気軽に返事した。弱ったのは一緒にお参りを申し出られいっそう早くに彼女に叩き起こされるようになってしまったことだった。地図子に手を引かれる寝ぼけた身綺麗な草子の姿はそれから頻繁に目撃されることとなった。

哲学の発生

奴隷制度が発展したことで開拓民の多くが肉体労働から解放され、ある種の余暇から思索や頭脳労働に耽る者が現れるようになった。多くは石で出来た空間についてその仕組みや成り立ちを理解し脱出の方法を発見しようという試みで、土地を拓く運動と別にそれらは研究班と呼ばれ、やがて積極的に組織されていった。

研究班の調査研究により幾つかのことが確認されていった。どこまでも続く部屋の左右が少なくとも数キロ先まで続く巨大な一枚岩であること、数キロ先の地点においても天地の光源にフォローされていること、連なる部屋を繋ぐドアがいずれも少なくともミリ単位で同じ寸法を持ち、実際に一直線上に並んでおり蛇行やカーブは見られないことなどが改めて明らかになった。またどれほど進んでも新鮮な卒業生が存在しドアを開くと目覚めることは周知だったが、その覚醒条件も詰められていき、例えばドアを開けず壁をくりぬいて部屋へ侵入した場合、室内の卒業生は危害を加えても目覚めることはなく(手足を切断しても反応は起こらなかった)、しかし隣室からのドアを開くと同時に、被験者は覚醒し痛みを強烈に訴えた。このことから厳密にドアの開閉と連動して室内の女子は活動を再開するものと推測され、さらにドアの開閉はノブの機構によらず、蝶番などを破壊しても有効と確かめられ、一方くりぬく形だと反応が起きなかった。およそ壁からドアが離れることがドアが開くことの定義とされ、しかし一切の仕組みを成立させているらしき何かは室内外を問わず発見されなかった。部屋の研究、貼り紙の研究(超常的な力でインクを落としたというよりはプリンターを使って普通に印刷されたものであると判断された。セロテープは採集比較すると判りやすく差が発見され、驚くべきことに人間の指のようなもので一枚ずつちぎりドアにそれぞれ貼り付けられたもののように想像されたが、一方で表や裏に指紋のあるもの、始まりや終わりと判るものなどは見つからず、生徒同様劣化も見られなかった)や、光源の正体を確かめようという動きもあった。正体のつかめぬ光源は巨大な一個が天と地に埋まっている説、より小さな複数が敷き詰めるように石を覆っている説、石自体が微小な光を発している説など唱えられたがいずれも結局確かめられず、無限のようなこの土地に関しては、地下説、夢説、日本でない説、地球でもない説、別個の宇宙説、パソコン説などあったがいずれも結局確かめられなかった。目覚めた卒業生に対する聞き込みも行われ、それまで暮らしていた場所、いわゆる外の世界での住所、クラス、所属の部や委員会などについて数千を下らない卒業生の申告で地図が作られ、例えば非常に近所に住まう二者に対面など試みられたが、やはり知り合い同士が見つかることはなかった。クラスにおいては同クラスでも互い見知らなかったり、出席番号が被るものなど多数発見され、同じ立女の生徒という同一性についても改めて明らかに否定された。極めてよく似た時間と空間が女子の数だけ存在する説、ある記憶を自分たちが持っているだけという説、自分たちが実在していない説など挙がり、例えば現にいる同級生同士に面識がないどころかそれぞれが過ごした（この場にいない）六クラス二百十数名のメンバーに関しても共通の認識というものは発見されず、一方学年の違う後輩、卒業した先輩、各組を受け持つ教師、さらに学校長の立川野田子などに関してはほぼ完全な認識の一致を見、有名な先輩あるいは教師陣などに関しては、外見や名前だけでなく在学中起こったエピソードにおいても高い精度で（「私とある先生との間にあったこと」などを除いて）共有されているものと判った。よって認識の壁は部活動のような学年をまたぎつつ少人数の活動において顕著に見られ、行事、大会の結果なども分岐の範囲でそれぞれ異なり、同じような学校が複数存在するというよりは、ある範囲の学校のデータを全員がシェアさせられているような感触があった。

「同じ先輩後輩と同じ場所同じ時間を過ごしたと嘘と思えぬ精度で見知ら

ぬ他人が語る」というような事態に直面し、拠り所や現実感を失い発狂に至る女生徒も少なくなかった。

「どこで」「どのように」の調査と共に、「なぜ」への考察も隆盛した。何故自分たちがかくのごとき目に遭っているのか多くの卒業生が知ろうとし、答えが出ないまでも何かしらの納得を得ようとした。既にして一人名乗られた人格があったため、多くの場合この地の一切は無作為に発生した現象というよりはある人格の意思により一から創造された場所であるという風に考えられた。調度は少なくとも全体としてのコストからその存在はほとんど絶対的な力を持つ造物主のごとき存在であるという風にしばしば考えられ、基本的には学校長の名を冠して立川野田子と一貫して呼ばれたが、学校長その人と同一の存在かはさほど重要視されなかった。なぜの答えは連絡の通り端的に自分たちに殺し合いをさせるためと考えられ、なぜ部屋が設けられているのか、なぜ同等の（例えば無限に広い）大空間などではないのか、なぜドアは戻れないように設えられているのかというようなことに関しても、基本的には殺し合いを助長する意図であると捉える向きが主流だった。

一方殺し合いを強制するにはそうせざるを得ない状況、一つに殺し合わない際のプレイヤーへのペナルティを設ける必要があると考えられたが、この空間においてはその強制力は非常に薄くしか機能していないとみる意見が多かった。水・食料がないこと、出口がないことなどで行動を制約しつつも、貼り紙での指示、無制限の時間などは強制力の不備とみなされ、結果的に開拓など想定外の行動を取りうる余地を残してしまっており、結論としてはある種の機能不全を外部から見た場合現在の卒業生は引き起こしているものと思われた。総じて意志のある相手が目的を持ち万物を構築したが、その手腕引いては今ある宇宙には不備がある、というのが研究班の主張の大勢だった。

なぜ殺し合わせるのかに関しては意見は割れ、基本的に造物主は自分たちに害をなす脅威という風に捉えられていたが、稀にその善性を主張する者も現れ、しばしば論争を呼んだ。語られない意図を汲み取るような代弁が一時噴出したが、やがては収斂し下火になっていった。

「なぜ」などに比べ不毛だったが自分たちが「いつ」この地に閉じ込められたかもしばしば考察された。各人において攫われた日時は卒業式の朝講堂へ続く狭い通路を歩いていた時と自明だったが、いつからこの地にいるかということを考えた時、無限に未来方向に部屋が続き無限に過去方向に部屋があるとするならば、自分たちもまた限りない昔からこの石の部屋の中に横たわって目覚める日を待っていたことになる道理で、乗り換えの時刻表を上手く引けずに大勢が立ち止まり、単純に何とかなったのだろうと棚に置かれた。時間においても空間においても始まりと終わりに関する直観はいまだ失われたままで、基本的には上手に想像できない、よく判らないものごととされた。

三五〔久我山住子〕

「久我山さん？」

前庭の隅の椅子でぼんやりしていた住子は声をかけられ我に返った。目に映ったのはよく知った藤村塔子の愛嬌のある顔で、慌てて表情を取り繕いつつ、話しかけられてほっとしていた。

「久し振り藤村さん。調子はどう」

「大変だよお」あははと塔子は笑った。「もう毎日叫びながらやってる」

「藤村さんは人気だから。また舞台見に行きたいな」

「ありがとう。このまま生きのびたいものですな」人気のないテーブルと空いている皿を塔子に見られた。「何か取ってくる？」

「お腹一杯で」

「そっか」静かに塔子は椅子に掛けた。少し離れたテラスで女子たちが大勢立ち話に興じていて、住子のいる石垣近くは人影もまばらだった。草一つない名ばかりの庭は殺風景にだだ広く、それでも人が集まると多少は息苦しく思うのだった。館のあるじが姿を見せぬままその日の集いはふらふらと続き、歌い手の人らが高みで綺麗な声を張り出して、何の趣向か曲は学校の校歌だった。「久我山さんは執筆活動は順調」

「こないだ一段落して。気に入られてるといいんだけれど」

「本当。よかった」我がことのように塔子はいってくれた。「実は内心心配してたの」

「私はこれしか出来ないから」何と違ってかを咄嗟に連想し、住子は口をつぐんだ。

「羽田さんお元気？」普通に塔子は訊いてきた。「今日はいないみたいだけど」

「そうだね。この間は。私には判らないけれど、変わらなく見えた」

「みんな心配してたよ。お友達のことあったから。私なんかは直接面識ないから、まだあれだけれど」どっと人の輪の方が沸き、そちらを見ながら塔子は声を潜めた。「若森さんとは話したりした？」

「若森さん？　来てるの」

「来てないのかな」私も見てないけどといい、コップを呷って塔子は顔を顰めた。「やっぱ酸いの苦手だ私。若森さんずっと探してるんだけど。こういう時じゃないと会いにくいから」

「近寄りにくて」「私もちょっと」後ろめたく、住子も言葉を濁した。

「後見の人誰かいるのかな。大丈夫なのかな。声くらいかかってるよね。才能あるもの」遠くを見る目は人ごみから一人を探すそれだろうが、それを見てふと冷たい横顔だと感じている自分に住子は気付いた。「あんな綺麗な絵を描く人が、食べられちゃっちゃ勿体がない」

「誰だろうが」住子が呟くとそうだと塔子も頷いた。「私藤村さん彼女嫌いなのかと思ってた」

「私？」運ばれてくる料理を塔子が目で追った。「そうだね。私は何もないから」

トイレに立って住子は塔子と別れた。羽田邸となるとトイレの格差も随分なもので、比較的落ち着いて用を終えてから出ると、狭い廊下でばったり若森初子と鉢合わせた。

「久我山さん」住子に気付いて若森初子は手を振ってきた。「お久」

「若森さん」驚いて住子は心臓を痛めた。「超ばびった。来てたんだ会食」

「あれ？」庭の方を初子は指した。「私は別件。羽田さんに会いに来たの」

「羽田さんに？」住子はほっとした。「後見で？」

「ああ違くて」初子は首を振った。「私絵やめようと思って」

「本当？」

「うん」短髪をごしごし初子は擦った。「パトロンも死んじゃったしね」

「嘘。若森さん。貰ってくれる人きっといるよ。高村さんじゃなくたって」

「自分の問題なんだ。何だか気が抜けちゃって。あの人に喜んで欲しくてやってたとこあったみたい。私の暗い絵好きっていってくれたの、あの人くらいだったから」

「絵もあなたも好きな子一杯いるよ」住子は思わず初子の肩を掴んだ。「藤村さんだってあなたをずっと探してたんだよ」

「本当？」初子ははにかんだ。「懐いなあ。また三人で巻東語りたいな」

その後の住子は変わらず同じような話を書き続け、パトロンに強く愛でられた。塔子も長く一線で舞台に立っていたが、ある日体を壊して引退を余儀なくされた。絵をやめた初子は班を転々とし、何かで周囲と揉めて奴隷身分に落とされたらしく、それ以降の行方は、住子には判らなくなった。

娯楽の発展

奴隷制の発展によって哲学と共に娯楽も発生した。最初期には保健班の奴隷や労働者に対するカウンセリングとしてのお喋りから始まり、現世であった面白い話、見たことのある映画や小説漫画について面白おかしく語れることが娯楽に飢えていた開拓民の間で強く希求され、かつていた場所に対する思いや辛い現在の慰みとして機能した。やがてネタが切れたり憧憬が募って息苦しさを生むようになるといかに面白かろうが実物を見られない伝聞語りよりも例えば歌ダンスあるいは描かれる絵など本物を目にすることの出来るそこにある芸術を貴ぶ運動が盛んになっていった。歌でいえば全てが懐メロになり望郷の文脈、ノスタルジアを感じさせるもの、あるいは自然主義的な表現が流行り、空想、空論、飛躍を重ねるようなものはあまり受けなかった。

フィクションの他では語り部が芸能として親しまれた。現世の景色を忘れかけるほど長くこの地で過ごしてしまったものに対し目に浮かぶように在りし日の自分たちを思い出させる語り部の存在は貴重だった。聞けば思い出すしかし自分からは掘り起こせないような些細な日常や学校や町の記憶を引き出すことの出来る饒舌なべしゃりと豊富なあるあるネタの持ち主はとりわけ希少で、歌、絵などのトップレベルのものと並んで人気を集めた。いずれも初めは労働階級のガス抜きとしての意味合いが大きかったが、やがて暇を飽かすようになった支配者層が芸の上手を囲い込み独占したり、特に気に入った芸者のパトロンとなって庇護したり、抱える芸人の質や量で権威を示したり、それらの女子を集め社交を行うようになっていった。奴隷階級から一芸を示しランクアップを果たす例もあり、そうした一連の風潮から娯楽の作り手を志願するものが大量に生まれ、最終的には需要を供給が上回る様相を呈し、花形の裏で人気のない作り手から順に食われていく生存競争を生んだ。研究班も娯楽係も後室の卒業生が奴隷身分から抜け出すようなシステムを生み出す契機となったが、そのことは次第に社会基盤の弱体化を招いていった。

三六〔丸井栞子〕

手押し車に乗った妙齢の女性が通り過ぎたので、丸井栞子は思わず手を休め、掘削現場から道路の方を見つめた。

「丸井」栞子を呼びながら細田時期子が脇を突いてきた。「監督見てるよ」

振り向くと監督役の白井さんだか城井さんだかが栞子を睨んでいたので、さぼりを咎められる前にねこを持ち直し前へ進んだ。時期子に並ぶとそのまま話しつつ堀場を離れ、十分ほど行った先にある捨て場を二人で目指した。「今のさ」

「何」

「車乗ってた人。細田知ってる？」

ふっと背後を見てからああと時期子はいった。「羽田ロジ子でしょ」

「羽田？」

「あれだよここの王様、古株の人ら、一等偉いもん、用は知らないが色々見に来たんじゃない。暇でしょうがない日だって生きてりゃあるだろうし」

「あれがそうなの」それで乗り物など乗っていたのかと思った。「同い年に見えなかった」

「十何年ここで暮らしていればいつまでも十五ではいられんでしょう」低い声で簡単な感想を口にしずいずいと先に時期子は進んだ。慌てて棗子も踏ん張り車を押した。「噂では本当は、もう数十年ここにいるとか」

「まさか」思わず棗子は笑った。棗子自身はまだこの地で目覚めたばかりだった。石を山に積んだねこを押したことなど生きてきてなかったが、最近は岩石運びも殊更重労働ではなくなって来ていた。とはいえあくまで鈍臭い棗子自身での話で、働きぶりは時期子などの方が随分優秀だった。背でいうと自分より頭一つ小さいのに、内に籠もるエネルギーがこの子は随分多いなと、この地に来てから何かに付け棗子は思い知らされていて、その思いは単純な自己嫌悪にも、時期子への憧憬にもいつしか育ってはいた。掘るだけ土地が開けるというのは基本的には外の話で、閉じられた石の部屋であれば掘った分どこかに石が積もって、広くも狭くもならない道理だった。当然使わないどこか遠くへ石を捨ててくる必要があり、何十キロか過去方向にある捨てられた開拓地が、今は大きくごみ捨て場的な空間となっていた。現在多くの卒業生が住むこの開拓地にも、小規模なごみ穴が掘られて設けられており、そちらの処理なども栞子たちの仕事だった。

「中卒で働くことになるとは」適当なことをぼやいているとくわんくわんと遠く鉦の音が響いて届き、交代の時間とそれで判った。集積場まで最後の砂礫を運び、監督役に仕事量を報告すると、別班の子らに作業を引き継いだ。「お願いします」

「お疲れ様です」元気に現場へ向かう豊田さんらとすれ違い、栞子と時期子は土地の中心部へと向かった。竪穴式住居が立ち並ぶいつもの帰り道のずっと先の方にとってつけたような壁と鉄の扉があって、巨大なこのホールも一旦其処で終わっているはずだった。

　栞子は食事班ではなかったのでその先にあるという延々続く合わせ鏡のような風景をしっかり見たことはなかったが、過去方向の中途半端に開かれた廃墟なら知っていたので、講堂へ向け歩いていたはずが知らない石の部屋で目が覚め、手製の槍を持った子に拉致られた後聞かされた自分の現状と世界観についても、そう疑問に思うところは今現在ではなかった。自分以外の大勢と共に何かよく判らない流れに乗せられている内は、人知れず一人目覚めるよりもましというならそうかもという風に思っていて、どれほどどうかはともかく昨日も今日も生きてはいたし、穴を掘る分にはいつか外に出るだろうという風にも単純に思えたので、摑まされた条件でそう間違ったことをしているという気もしなかった。

「丸井さんは捗らないね」居住区に入る前班長の駒野さんが帳簿を見ていった。「大変？」

「頑張ります」世はこともなしと唱えつつその日も栞子は平謝った。

「細田さんは頑張ってるね」班長は隣の時期子にいった。「でも少しやつれてない？」

「そうかな。鏡ないし」判らないという顔で時期子は栞子を見た。「どう思う？」

「髪伸びたよね」近い話題だと思って栞子はいった。毎日隣で見ていると内面についてはともかく、外見の評価は難しい部分があった。

「帰り保健所で体重計ってって」そういい駒野さんは二人を解放した。指示通り別のテントで錘と時期子を天秤に掛け、全て終えるとその日の仕事は終わった。

暗い大部屋にルームメイトの寝息が響いていた。

寝返りした子が栞子の足に触れた。雑魚寝つつ栞子は住居の天井を見ていた。縫い合わせてある真上の布に制服の飾りボタンが付けたままになっていて、出口の光を反射して、目障りだった。薄明るい石の部屋は日が沈むことがないので、居住区の寝床はテントのような簡素な遮蔽がされており、塾の合宿も嫌だったのに、いつの間にか人と寝ることに慣れてしまったなと、ふと栞子は思った。誰かの着ていたブラウスだった、今は寝床の共用布団に顔を埋め、隣の女子の寝息を一時間ほど聞き続けた。

「羽田家とかは屋根壁あるらしいよ」朝食の時に時期子がいった。朝といっても班での朝で、標準の日本時間すら栞子らからは既に失われていた。「ベッドがあるかは知らんが」

「壁？」「私ら運んだ石を煉瓦みたく切って積んでんのかな判んないけど。ちゃんと家あってテントじゃなくて壁造りなんだって。いいよな」「壁を崩して壁建てとるとは」「日本人だし壁ある兎小屋で寝たいじゃない。音透けないしプライバシあるし」「誰に訊いたの」「そっち行く午の子。何かね起こした子のポッケとかに飴とか見つけると運ぶんだって。羽田とか別の人の家とかに。こないだその子見たんだって、羽田がみんなとソイジョイ食べてるとこ」

「ソイジョイすげえ」

「つまり偉いってことだろここで、私らよりあいつらの方がさ」時期子がつまらなそうにいった。「ソイジョイドロップする子がどれほどいるかは判らないけど、偉いやつだけ肉とかじゃなくありつけるわけじゃんそういうものにも。シンプルに出世するかどうかなんだよなと、そういうの聞くと思うよね」

「詳しいね細田。王室ニュースとか好きだった？」

「ニュース好きだよ」時期子は肉を齧った。「羽田なんか取り巻きがすごくて完全にあれだよね、心酔して仕《つか》えてる感じらしいよ。何人かいてそういうの。取り入ってファンクラブ入っちゃえば恩恵だってあるわけじゃん、ソイジョイとかのお裾《すそ》分け。その分二人きりで話しかけちゃ駄目とか、話す時は何分以内とか、まじでルールがあるらしいよ」

「聞いた話」

「ね」受けるよねと時期子はいった。「何かね集会とかあるんだって。社交の。そういうとこで羽田にプライベートの手紙渡して、滅茶苦茶叩かれて放り出された子もいたんだって。ファンでもないのにって」

「怖いね何かそう聞くと」栞子は口を拭いた。「細田は出世したいの?」

「いつまでもこんなことしてたくはないよ」声を下げ直球を時期子は口にした。「別に最初に人引っ張ったから、偉いというならそうなんでしょ。シンプルにタイミングよかったんだよ。だったら私らも何も違わないはず」

「上昇志向ね」

「いいなと思うものなりたいだけじゃん。つまらなそうならやりたくないよ」そういい硬い誰かの指を時期子はしゃぶった。「丸井は違うの。いつまでもこんなじゃ体壊すよ」

「私は」骨を置いて栞子は言葉に迷った。「成績足りないし」

「判んないじゃん基準とかどうなってんのかは」頑張りゃいいじゃないと時期子は強くいった。「一緒においしいもの食べようよ」

「そりゃそうしたいけど」飯時が終わり話題はそのままになった。

骨を分別しながら会話を反芻《はんすう》して、こんな狭い場所で一等競って何になる、と、遅れて違和感を栞子は言語化させた。別に率先して丑午になりたいわけではなかったが、結局同い の他人を食い物にして生きていることには変わりがないのだった。

「がっついてやることないじゃない」奥ほど狭く見える石製の景色を見ながら栞子は一人呟いた。「今が奴隷というわけでもなし」

何日したか誰も数えていなかったが、時期子の配置換えが決まったのはそういう話があったすぐ後だった。配置換え自体は班の中でも頻繁だったが、二人は目を覚まして以来の付き合いだったので、別れと思えば栞子にとってはそこそこショックな報せではあった。

「今度新しい区画を開拓すると決まったんだって」笑顔で時期子はいった。「ここはじき放棄して次の土地開いてそこに移るんだと。そっちのオープニングスタッフやらないかって」

「明日からなんて」急と知りつつ栞子はこぼした。

「いいじゃない。初期掘削でスペース出来たら丸井らもじき移るわけだし」

「うん」相槌し栞子は俯いた。何となく急に息苦しくなり、知らず胸元を押さえていた。

「そう、じゃあ一応ランクアップなんだ」

「かもね。判んないけど。認められてはいるのかなって」素直に時期子は笑った。

「じゃあおめでとう」

「ありがとう。ねえ、そんな顔しないでよ」脇を時期子が触ってきた。「短い付き合いなっちゃったけど丸井と仲良くなれてよかったよ私」

「出世頑張って」嫌味になるか自分でも判らなかった。昨日までは見透かしていたはずだった細田時期子という人物が、離れるとなると雲のようだった。「ソイジョイゲットしたら頂戴」

「どんだけ」あははと時期子が笑った。「じゃああれだ、まじ偉くなったらコネで呼んだげるよ上に。お菓子あるかは判らないけどさ、また一緒に寝たり起きたりしようよ」

「私は」ひどいと思うと口が動いた。止めようとしたが戻れなかった。「別にここでも楽しかったよ。日本とここなら日本がいいけど、細田一応いたし、ここでも全然よかった」

「本当？」時期子は笑った。ただ本当に笑っただけだった。

結局その後栞子が時期子と再会することはなかった。一団が土地を移るまでは時期子の口ぶりよりずっと長い時間が掛かったし、その間に時期子以外の同期じみた子たちも皆入れ替わってしまった。栞子はその内たまたま見初《みそ》められて少し偉い女子に付いてお茶仕事などすることになったのだが、幸運といえばそれだけで、新天地に移った後も時期子に会うことは一度もなく、彼女がちゃんと偉くなれたのかも結局判らずじまいままだった。激しいものだと思っていた人の流れも、抜け出してしまえば驚くほど滞って感じられ、見えない世界は窺い知れず、人伝に細田時期子の名を聞くようなことも、約束のコネで彼女に招かれることも、ついぞないまま長い月日が流れた。

実物の時期子はかなり早い段階で解体され色んなラグを経て栞子の腹にも収まり、糞として放られた後は石や砂とまぜこぜにされていたのだったが、丸井栞子の心の中では長い間生き続け、幾許の恨み節と共に大事に反芻され続けたのだった。

奴隷制の問題点

奴隷制度に支えられた定住生活の終わりは奴隷制度の崩壊から始まっていった。粗食を以て貴しとし車を乗りこなす定住生活も一日ごと遠ざかっていく餌場の問題に結局は悩まされることになった。配給車の往復距離が増えるにつれ奴隷にかかる負担も増え続け、それに合わせて奴隷の質も次第に低下していった。食料や労働力の入手にかかる仕事量と得られる食料や労働力の収支が次第にマイナスになっていき、拓いた定住地を維持出来ないようになり、コストを緩和するため都替えが幾度と繰り返され、事実上一定期間毎の移住を前提とした社会形態に集団は変化を遂げた。

　末期の定住生活では奴隷の質の維持のためにさらに下の階層が設けられ、家畜という意味を込めて戊午、己丑と名付けられ、あるいは親しみやすく**茄子**や**胡瓜**と呼ばれた（下腹部の膨れるさま、細身のさまが由来とも）。午や丑は完全に食料が与えられず死ぬまで働き死ねば食われることで維持費を抑えることに成功し、劣悪な環境で働く奴隷達の不満のはけ口としても機能した。出入りの激しい丑午が時間当たりの人数は最も多く、そこから最も上位を占める女生徒までピラミッド状に社会は構成され、そのバランスが維持出来なくなると被食者と捕食者の関係が乱れ、社会が崩壊した。未来方向で今も眠る卒業生だけで共同体を維持することの限界であり、新たな食料や人材を他の方法で生み出せないことが閉じ込められた石の部屋という土地としての問題点であった。とりわけ共同体の構成員が全員女子であることから繁殖で次世代を生み育てるという行為が出来ず、このことは社会の維持の致命的な欠陥として常に憂いを以て語られるところだった。

研究班の探査は日々進んでいたが何十キロどの方位を掘ろうともひたすら一つの岩盤が続くばかりで、脱出に繋がる発見などはついぞなされぬままだった。一部の研究者からは外界で自分たちがいた所の立川女学院に於いて女装男子が生徒に扮し校内に侵入し三年間ある種の二重生活を送っていた可能性が指摘され、無限に閉じ込められている卒業生の内に彼らが発見される公算の大なることが主張されていたが（『**森村予想**』）、実際にその存在が確認されることはただ一度もなかった。数億発掘された女学生の中に一人の女形も数えられないことは、超常的な力を持つ何者かがこの空間に干渉していることの新たな痕跡として確認された。

支配層に当たる女生徒達は劣悪な穴ぐらで奇跡的に長らえるも徐々にその健康を崩していき、多くの場合は外界より早く寿命を迎えた。支配層が高齢化した場合も、奴隷層には健康体の者が多かったので、ひとたび混乱が起こるとしばしば社会を転覆、崩壊させた。奴隷による定住を行った集団は多くがそうして潰え、長を交替するか、移住民へと立ち返っていった。

三七　〔羽田ロジ子〕

講堂へ続く狭い通路を歩いていたはずの羽田ロジ子は貼り紙の他何もない暗い部屋で目覚め、多くの時間をその地で過ごした。多くの女子が彼女の側を通り過ぎていき、気が付くと多くのことが判らなくなっていた。

「誰かいるの？」目覚めたロジ子は声を上げた。「誰もいないの？」

「羽田さん」誰かの声がした。「目が覚めたの」

「ここはどこ？ 私の家？」ロジ子は体を起こした。「とても暗い」

「暗くはないよ。羽田さんは目が見えないの。足も弱って歩けないの」

「そうなの。あなたは？」

「私も歩けないの。何も覚えてない？」

「何だか息苦しい」軽くロジ子は咳払いした。「外に出たい。庭に連れてってくれない」

「もう何もないよ。あなたの国はなくなったの。戦争があったんだよ。家も庭も壊れた」

「高村さんは？ ここにいないの？」

「ずいぶん前に亡くなったよ。落盤に巻き込まれて。お葬式もしたでしょう。皆で食べたじゃない」

「死んだの」いわれると思い起こされるようだった。「皆死んだの？　あんなに大勢、皆」

「殺し合ったのよ。あなたを守ろうとしたり。随分長く喧嘩したんだよ。今は私たちだけ」

「あなた名前は？」

「あなたのファンだったの」女子は答えなかった。「私は最後の生き残りなの。出来るまでの日々の十分の一で全て壊れ、その後はずっと喧嘩が続いたの」

「本当に？　何も見えない」ふいに何かされロジ子は狼狽えた。「何してるの」

「あなたはこれからここから出るの」

気が付くと鼻がつんと匂った。

「貼り紙を覚えてる？　あなたは卒業式に戻るの。時間と空間が本当にいくつもあるのなら、あの日のあの通路にあなたは帰るんでしょう。ここは誰もいなくなるの」

「卒業式？」強い怖気が言葉で喚起された。上手く思い出せなかったが、かつて渇望し、やがて恐ろしい想像で苛まれた覚えのある言葉だった。

「制服は着てるよ。上履きも。私たちは中学生だったんだよ。あなただけでも無事脱出して。あの日の廊下にきっと戻れるよ。暗くてもまっすぐ進むんだよ、講堂で皆が待ってる」

「やめて」床が濡れていた。いつしか慣れた血《ち》の匂いだった。恐ろしいことをされていると思った。声の方へと手を伸ばしたがどこにも相手が見つからなかった。「ここにいさせて！　帰りたくなんかない！　今更戻れない！　皺くちゃな老いぼれなのに！　何も見えないの！　足も動かないの！　あの日に戻さないで！　もう何もいらないから！」

三八　〔片瀬耳子〕

「先輩だ！」片瀬耳子が突然立ち上がったので食事中の面々は面喰らってそれを見上げた。「小山田先輩の声がする！」

「小山田先輩？」訊いたリーダーに答えることなく耳子は過去方向の扉へ飛びつき奥の部屋へと飛び込んだ。「ちょっと！　片瀬さんっ」

「センパーイ！　センパーイ！」辛うじて近くの子が扉を押さえたが耳子は既に過去方向へ走り去った後だった。どうも気が触れてしまったらしかった。一応集団は後を追ったがドアストッパーを蹴飛ばして耳子は去ってしまい、遠くの方から先輩を呼ぶよく通る声が響いてくるばかりだった。掘削の手間を惜しんで放置されたため、その後耳子を見たものはいない。

延々と続く石の部屋で大なり小なり心を病む女生徒は多くあった。幻視、幻聴に苛まれるものも多く、例えば父兄の声が聞こえた、先輩や後輩、全く異形の存在を見たなどと語る場合もあり、周囲の卒業生をしばしば混乱させた。霊媒、テレパシーなどを行えると語る女子も一部に存在し、家族の生霊を下ろす、家族と交信するなどして、周囲の女子にメッセージを届けた。集団における政治経済などの様々な混乱と問題を解決するため、実在する大統領や議員、文化人、過去の偉人などにインタビューが試みられることもあった。

三九　〔浮島茉莉子〕

「十五歳の母!?」

世界は救われたが数億年で滅んだ。

四〇〔深山社歌子〕

講堂へ続く狭い通路を歩いていた深山社歌子は気付くと暗い部屋に寝ていた。部屋は四角く石造りだった。部屋には二枚、ドアがあり、内一方には貼り紙がしてあった。貼り紙を熟読した社歌子はドアを開け、隣室に寝ている女子を認めるとこれを殺害した。

四一〔川島歌歩子〕

講堂へ続く狭い通路を歩いていた川島歌歩子は気付くと暗い部屋に寝ていた。部屋は四角く石造りだった。部屋には二枚、ドアがあり、内一方には貼り紙がしてあった。貼り紙を熟読した歌歩子はドアを開け、隣室の女子に殺害された。

四二〔岸田粥子〕

講堂へ続く狭い通路を歩いていた岸田粥子は気が付くと暗い石の部屋にいた。部屋は四角くドアがあり、隣室にいた女子黒田酒子と話す内、粥子は引いていた風邪を彼女にうつしてしまった。体力でも落ちていたのか酒子は殊の外病気重態となり、激しい咳、下痢、嘔吐、節々の痛みや発熱に苛まれ、何もない石の部屋で三日間苦しみ続けた。人の世話などしたことのない粥子はただ自分の部屋で謝りながら祈り続けた。誰の世話も受けずげろと下痢にまみれてうんうん唸った酒子は脱水を起こし多臓器不全で息絶えた。

四三　〔関由良子〕
講堂へ続く狭い通路を歩いていた関由良子は気が付くと暗い部屋に寝ていた。部屋は四角く二枚ドアがあり、ドアを開けると女子が寝ていた。隣室にいた女子と出会った由良子は自分について伝えられる限りの情報を相手に伝えた。隣室の女子も同様にした。長い時間をかけて情報を交換し合い、住所を書いた紙と遺言を互い預け、脱出後相手の自宅を訪ねることを誓い合い、その後殺し合った。

四四　〔早名航子〕
講堂へ続く狭い通路を歩いていた早名航子は気が付くと暗い部屋に寝ていた。部屋は四角くドアがあり、ドアを開けると女子が寝ていた。
ドアを開き隣室にいた女子と出会った航子は自分について伝えられる限りの情報を相手に伝えた。座学、実習、研究、発表、テストなどを設け、無二の親友のように自分について知り尽くすようありとあらゆる教育を重ね、数度の試験を経て考えうる全ての個人情報を残すと、皆伝をいい渡し自ら命を絶った。

四五〔吉見栗子〕

講堂へ続く狭い通路を歩いていた吉見栗子は気が付くと暗い部屋に寝ていた。部屋は四角くドアがあり、ドアを開けると女子が寝ていた。
隣室の女子に自分について伝えることを試みた栗子だったが、相手が覚えが悪く自分もどちらかというと聞き上手だったため、自分が相手のことを理解するよう努め、やがて殺害した。

四六〔秦野実南子〕

講堂へ続く狭い通路を歩いていた秦野実南子は気が付くと暗い部屋に寝ていた。部屋は四角くドアがあり、ドアを開けると女子が寝ていた。
一子相伝に不安を抱いた実南子は十二人の女生徒を持ち、自分について伝えられる限りの個人情報を教育し、最も優秀な一人を選びその他十一人と共に命を絶った。離別の際には涙を流す者もいた。

四七〔尾花須木子〕
講堂へ続く狭い通路を歩いていた尾花須木子は気が付くと暗い部屋に寝ていた。部屋は四角く石造りだった。部屋には二枚、ドアがあり、内一方には貼り紙がしてあった。
数名の女子と共に過去方向の扉を壊した須木子は死体と壁に書かれた遺書らしき内容のメッセージを見つけた。内容は女子が死を選ぶ前に思うところを記したもので、自分が死ぬことで先々の同輩に一つでも多く脱出の椅子を明け渡すことが出来る旨、かく振る舞いに死者の幸せがあるかは判らないながら、生者は脱出先でその花開かせることもあろうという所存、ならばそういった幸福の種を果て無く続く卒業生の轍により多く残さんと思うと共に、運よくこれを読む者がいればそんな一名がいたことを知って欲しいというような意味の文章だった。

綴られた利他の心に一読涙を流すものもいたが、須木子ら集団は初期開拓民となった。

四八〔中原千葉子〕

講堂へ続く狭い通路を歩いていた中原千葉子は気付くと暗い部屋に寝ていた。部屋は四角く石造りだった。部屋には二枚、ドアがあり、内一方には貼り紙がしてあった。貼り紙を熟読した千葉子は数人の女子達と行動を共にし、過去方向への開拓を始めた。蝶番を破壊しドアを外すことに成功した千葉子たちが数十部屋近くを遡ると、幾つか固まり横たわる死体と粗製なトロッコが床に転がっていた。

「トロッコだ」肉刺を庇いながら佐野夜子がトロッコを起こした。「こんな物が何故?」

「私たち外に出たの?」

「違うようだが」咳をしてから、ドアのなくなっている戸口を覗きこみ果てしなく伸びる暗い通路を滑川螺子子は示した。「レールが敷いてある。どうやって作ったんだろう」

「昔誰かがここで暮らしてたんだ」

「私たちのように？」

トロッコに乗り過去へ遡った千葉子らは一日か二日の探索の果て、開けた巨大な石の空間と、うち捨てられた定住地の廃墟を発見するに至った。

「結局殺し合ったんだ」武器ぽい槍やを見て千葉子はいった。「こんなに一見栄えたぽいのに」

「いた皆さんは全員死んだの」ごろごろする骨や腐乱死体に蛆や蠅やがたかっていた。

「蠅がいるの？」

「私起きた時蟻付いてたよ。人の顔にはダニもいますし」

「見て城みたい」

石で出来た大きな館に入ると、枯れた花に囲まれた白骨が寝かされていた。

「偉い人かな」自分の花を供えて全員一応手など合わせた。落ちる天井や玉から逃げつつ一同は廃墟を後にした。「砂がすごいね。こんなにも壁を彫り込んだんだ」

「辺りに道具や手押し車が転がっている。布の家から石の家まで」

砂地のほとりで千葉子らは野営し、持ってきた干し肉を少しずつ分け合った。

「過去へと続く扉も見つけたよ。その先も通路と死体だった。きっとこうして私らみたいなのが幾億と栄えては食い合い滅んだんだね」

「ただ息苦しい中食い合い生き長らえて、私らの成すところに意味はあるのかな」

「あれを見て」ドームの彼方を夜子が指差した。

見てみると石や布で覆われた巨大な空間があり、その中に大穴が幾つも掘られて並べてあった。土砂で満たされたその穴は大分深いものらしく、あちこちに雑草や花の枯れたような痕跡が見られた。「花壇がある！」

「きっとここで誰かが花を育てていたんだ」土を素手で掬って夜子は匂いを嗅いだ。

「私たちは引き継ごうよ。いつか不毛なこの石の世界が温室のような豊か花園になるように」

「何の為に？」千葉子は肉を頬張った。


開拓を志す女生徒は少数派であったがごく稀に近過去に高度に発達した文明があった場合、その遺跡や遺物を新開拓民が入手するパターンが発生した。定住地に於ける開拓は巨大な固まりである石の壁を掘削し、細かい石や砂礫に変え、地上に於ける岩石の風化に似た役割を果たした。掘られた砂礫は投棄されたり排泄物の処理に使われたりし、定住によりトイレを持つ必要が出てきた女生徒達は深い縦穴を掘り使用後砂を掛けるという簡単な仕組みの便所を居住地を中心に幾つも設けており、溜まった糞便はやがてより遠くの使われぬ土地の穴へと集めて廃棄されるようになった。そうして堆積した有機物と石砂とが混ざり合い肥沃な泥土の材料となり蝿を初めとするたまたまこの空間に持ち込まれた虫などが捨てられた死肉や排泄物に産卵、有機物を分解、また女生徒の胃袋から頻繁に発見されるところのミミズの内生きているものが糞便に潜り込み、腸内細菌を含むそれら分解者が糞便をゆっくりと団粒化させていった。そのように透水性・通気性のある土壌が作られることで延々続く石造りの部屋の中での変則的な一次遷移が大量の定住民によって意図せず行われていた。定期的に大量の食べ残しや人糞が混ぜられることで本来踏むはずだった苔・地衣類の繁殖による有機物の蓄積を飛ばし草本が根付けるだけの土壌を築いていき、多くの場合そこへ種子や胞子が進入することはなくそのまま静かにうち捨てられやがては痩せていった。狩り起こされる卒業生の持ち物はみな召し上げられ共同体の所有物となり、貴重なものは長に献上されグミのたべっこなどの不定期行事として数人の嗜好になる習いだった。制服に関しては限定的に着のみ着のままが許されたが、胸の花なども取り上げられて、基本的には贅沢品として支配層のものとなっていた。枯れた後の花は捨てる者も取っておく者もその性格で様々で、そのごく一部だけ土壌に辿り着き、条件がよければ発芽し、そうでないものは埋土種子となりその寿命を土中で待つことになった。温室から持ち出された花の種類は季節を問わず様々なものがあり、まず虎杖など瘦せた土でも根付く植物が育ち、続いて向日葵、朝顔、パンジーといった一年草が定着していった（早くに持ち込まれた多年草や樹木の種子は土中で休眠し好適な環境を待った）。土を発見した女生徒の集団は定住から再び開拓へと行動傾注し、遺跡を求めて過去方向へとその舵を強く切って行った。目指すは新たなる食料源の確保、循環型農業による完全自給自足の菜食生活だった。旧天地へ向かっては捨てられた土を持ち帰り、土地を拓いては土を敷き、花を植えていく、初めは少しずつ便つぼと変わらない場に育つも育たぬもいとわずに花を種を植え続けた。土が何キロ運ばれようが植え付けた種が芽吹こうが芽吹くまいが、最後には卒業生は飢えて病んでは殺し合っていき、人のない土地に土と種だけ残った。過去から最前線に持ち帰られやがてまたうち捨てられた土は、未来から来た女生徒達がまた持ち帰ってはやはり持ち腐らせていった。そのように少しずつ少しずつ無数の女生徒の手で集められた土壌は、その後誰に発見されないまま無限に続く石造りの通路の途中でいつしか忘れ去られ、音も立てずに風化していった。過去から未来へ移動する無数の女子中学生が殺し合う中でアクセントのように空間が拓かれ、土壌が生まれ、やがて忘れ去られ、二度と顧みられないまま永遠に石の中に置き去りにされていった。誰かが始めた物事の結晶もいずれその存在を気付かれず目の方向でいう先から後へと流れていった。すぐ最前まで講堂へ続く狭い通路を歩いていた女生徒達はその多くが自分の前に流れていくことのなかった膨大な過去に気付くことなく閉じ込められた何もない石の中で同じ身なりの卒業生達と殺し合ったり助け合ったりし、春がまだ来ない冷えた三月の朝の教室で誰が差したかまだ思い出せる胸の花びらなどもすべなく枯らせていった。女生徒同士で殺し合えば済むものを時折壁に当たるものなどが何人か現れて（四九〔大熊理科子〕）、石を削っては土を耕し、近くにあればそれもかき集め何か植えては静かに死んでいった。勘のいいものがそれをため込みもしたが、大抵は気付かれずただただ向くままに殺し合っていった。決められたままに進んでは窮屈を起こして殺し合う女生徒達はその通った学校の校庭の砂粒の数ほどいたかも知れないし、もっと多いかも少ないかも判らなかった。数える先頭が存在しなかったためでもあり、同様に数え終わりといえるような場所もなく、現在進行形で数えていた者もたまたま存在しなかった。五〇番というのもここで便宜的な国分星子のただあったら読みやすいかなと思って付けた読書の目安であり、講堂へ続く狭い通路を歩いていた国分星子は紆余曲折を経て一面黒ボクの土に覆われた謎の部屋にドアを壊して行き当たり大層驚愕した。幾ら遡ろうと変わらぬ石の部屋が続くばかりだったのに突如土の絨毯が出現し星子を迎え、上履きで花壇に踏み入ってみると壁にこの部屋のコンセプトが簡単に彫り文字で記されていたのだった。曰く花を植えるべし、かく貴重な命の寝床を未来の同輩に継承すべしとのことで、人の他何もない石の部屋に現れた異物の出所に星子はぼんやり想像が付いた。同時に自らの幸運に薄ら寒さまで感じていた。というのも実に主観で昨日、たまたま式の後担任に渡す花をいなげやの中の花屋で買った折、ついでに家庭菜園の種をトマトや韮など数種衝動買いして制服のポケットに入れたまま忘れ、主観の今日卒業式に向かってしまっていたりしていたのだった。自分のスカートのポケットの中の包みと目の前の畑の巡り合わせに数奇な運命を星子は感じた。数部屋遡ってこんな土畑に遭遇する確率が一体この石屋全体で見てどれほどか、一生かけても発見出来なかったかも知れなかった。

強い確信の下星子は種を植えた。手塩にかけ肥やしもやり、これをけして失ってはならないと、継承の手筈も自分が受けたように整えていった。確信というのは単に気のせいで、何もなせず星子は死んだし、種も育たず枯れ、その後二度と見つけられることはなかった。

服に付いていた種子やみかんが芽を出したこともあったが大体は勿論枯れた。園芸が趣味の子が見事花を育てたが咲いて枯れた後は結局途絶えてしまった。誰も意図せずまた気付かれずに芽吹いた雑草もあったが、そのまま知られぬままに枯れていった。トロッコが何台と作り直され畑までの道が整理され、壁が全て取り払われても全ての手間は過去に流れて、喫緊の殺し合いの流れの中にただ静かに忘れ去られていった。草の死体も人の死体も畑に山ほど積もっていったが、育つのがおかしい内はいつまでも育たなかったし、育ってもおかしくない時間と偶然の機会が過ぎてもおいそれとは育つことはなかった。砂漠の砂ほどの数の卒業生が土を持っては移住を繰り返し未来へと自分の財産を残そうとし、星ほどの数の殺し合う卒業生の中でただ道の花のように遠ざかるまま見失われていった。いつか未来の私らの誰かがと多いといえば多く少ないといえば少ない数の子たちが思って行動に残し、平坦に出来た殺し合うだけの未来の中に土と草花の形で育っては枯れていった。五一番〔橘虚偽子〕ひたすら人生の残り時間をかけて遙か過去から土を持ち帰る集団がいた、先遣する探検班が時間にして数週間トロッコで走り続けた先に運良く捨てられた大型定住空間を発見せしめ、そこに残された石碑の記述によって彼の地から更に数年遡りし過去にかつて興り栄えた未曾有の開拓地にして名を木星《リタキノ》なる巨大都市遺跡の存在せんことを突き止めたのだった、その昔開墾の限りを尽くした自称五千八百四十九万三千平方キロメートルにも及ぶ広大な定住地とそこで暮らした十九億人に及ぶ少女帝国、奴隷制度の崩壊によって滅亡したがその科学力と築いた文化遺産は今も技術に守られ彼の地に生きて眠り続けるという、探検班の属する一団も遺跡間を航行する長距離移動力を持つ高度に発達した文明少女群だったがそれをして想像を絶する文明規模の記述内容に識者の間でも意見が分かれた、かように発達した文明が奴隷制の下生まれること自体考え難かったし数字に関しては検証の余地もなくぱちであると断じられた一方遺跡に残されていた超長距離移動用トロッコはこの不毛の穴蔵で中坊が作ったとは考えられないほどの技術の結晶であり確かな文明の痕跡だった、長い首脳会談の末失われた遺跡への大規模移動探査計画が集団を牛耳る三大老へ上奏され、勅命の下木星往還船の建造とその探査メンバーが結成され大距離移動計画が発足された。積載物の九十九パーセント以上が食料と動力を兼ねる奴隷で構成された超巨大トロッコは全長一キロにも及びその殆どは道中失われ帰ってくることはなく、復路の大半は奴隷でなく搭乗員自らトロッコを押すことになり計画の成功する見込み自体とても低いものだった。かかる移動計画には同時に国を挙げた大規模プロジェクトを遂行することで国全体を覆う閉塞感を今一度払おうという期待も裏にあり、プロパガンダの娯楽コンテンツなども同時期に制作され広く親しまれた（『プロジェクトⅠ　愛国者たち』）。

「それでも行くの？」安達下駄子は俯いたまま小さく問い、テーブルで向かい合う橘虚偽子も下駄子の土足を暗に遠ざけ自分の決め事をただ手折らせはしなかった。二年にもなる二人の付き合いだったがその内二人で共に過ごした時間は実質半年にも満たないほどで、探検班に属する虚偽子のまなざしはいつもまだ見ぬ旧遺跡へと向けられていたし、そういう虚偽子のどこにいても見失わぬ星のような本当と嘘が下駄子にはいつも気味が悪いものに思え、同時に彼女に心を巣食われたそれが一番の原因でもあった。「帰るのいつになるの」

「数年後としか」虚偽子は努めてか何でもなさげに頭を振った。「食料が持たないからね、後方から奴隷の補給を受けつつ進む関係で最大速も出せないんだ、正確な座標も現状判っていないし、ただ想定より木星が近距離なら補給の届く内に帰ってくることも出来る、未知の技術が本当に運用可能なら、飛行機のように飛んで帰れるやも知れない」

「見つけたらその後何がどう変わるの」

「移動計画以後？」虚偽子は微笑んだ。「想像もつかないけど、きっと素敵な感じだよ」

「本当か？　何も変わらないんじゃない？　プロパガンダの演し物見た？　はっきりいってギャグみたいじゃなかった？　結局は大騒ぎして胴元が人儲けしたいだけなんじゃないの。あなたは馬鹿を見るんじゃないの？」

「ギャグは計画の本質では？」

「それにしたって調和というものがあるでしょう」下駄子は立ち上がった。「こんなことは過去にもあった。今日あって未来でも起こる。私達の何が変わったの？　惹句だけ換えて繰り返される、あなたもちょっとした騒ぎと人儲けの鉄砲玉なんじゃないの？」

「本懐だね」笑顔のまま虚偽子はいった。

あまりに自分が通じないこと、彼女の価値をやり込めないことが自分の美徳だと思っていたのに、そんな気構えでは何一つ守れないという事実が、突きつけられた今更下駄子には遣る瀬なくてならなかった。

「いつか一緒に抜け出したいと私にいったことも嘘？」

「下駄子に嘘なんていったことないよ」先程からにこにこしっ放しの虚偽子は今が一番幸せな時であるかのようだった。「大好きだよ下駄子」

「それで？」

「それだけ」

「そう」そうとしかいえなかった。

希望しか口にしないのも虚偽子の常で、そういう心づもりでいるのは何もこの地に於いては特別なことではないし、そう思った同級生の気まぐれの堆積によって今日の自分が生きているなら、明日一番にやるべきこともまた同様であるはずだった。

「帰ったら何食べたい？」

「ビーフシチュー」考えて虚偽子はいった。「角切りの牛、ほろほろのすじ肉、にんじんと玉葱、りんごもきゅうりも入ったポテサラ。八皿分全部使って作る、どろどろの鍋に作る、ご飯にかけて混ぜて食べたい、りんご酢など飲んでしまいたい」

「帰る頃には出来てるよ」いって下駄子も笑った。「それで私らはたち越えだね」

「やだ成人じゃん」何がそれほどか大声で虚偽子は笑い続けた。「そうさ、これが今生の別れじゃないよ、待ってくれるなら帰っても来れるよ」

「別の子見つけたりね」あーあといって下駄子は伸びした。

出発の日トロッコに乗り込み、オーディエンスへ向け虚偽子は手を振りトロッコ内部へ消えた。自分に向けたのかは判らなかったが、深く下駄子も考えなかった。学生の頃はもっと臆病だったのになと自分では思ったが、いつでも今が再会の最後方であるはずだった。

「さよなら三角!」往還船の機長が挨拶をしてカウントダウンが始まった。「十から二!」

「一!」

「点火!」一部の生徒が卒業式に持ち込んだ火薬に火が入り、爆炎を上げてトロッコが遠ざかっていった。

「また来て四角！」すっかり伸びた髪を押さえながら下駄子はその光景を見送り、胸苦しさに知らず手の中の虚偽子の形見、金のボタンを強く握りしめていた。

球児のよう卒業生達は土を集めては自分の未来へ持ち帰った。土を残し車を残し道を開いては自分たちの知る限りの情報を石の壁に書いて残した。読んで聞けば思い付かずとも引き継ぐ次の者たちが出現もして、花は咲いてはまた枯れた。過去消えた物事は未来に一から再出発していった。

「植え方って判らない」津村者子が土を前に逡巡した。「種ってどう植えるの」

「一直線に、等間隔に」見様見真似で五二〔高橋再子〕が穴を開けた。「種を入れ、土で埋める」

講堂へ続く狭い通路を歩いていた五三〔千木野袖子〕は数十名の女子を起こし、話し合いの結果直接命を取り合わず代理の競技で生死を決めることにした。公平を期すため殺し合い運営委員会が立ち上げられ、配慮が行き届いた緻密なルールや十分な準備期間を設けるなど数多くの手続きを踏むことで全員にとって最も望ましい決着を迎え、引いては理不尽に奪われた自他の生命の尊厳を回復出来るとした。エンディングプランを互助するために委員会はルールを定め公正で厳粛な試合を運営するべく努めたが、それにより次第に予定されていた期間が延長していき、競技の順延が繰り返された結果食糧問題を引き起こし、段階的に糞尿食、人肉食が採用されていった。ただ死を迎えるばかりだった敗者から順に解体、配給されていき、当座の生命の危機を脱した集団は再び競技運営に勤しんだが、人肉物資が経済活動を生んだ結果委員会の間で贈収賄など汚職が発生し、新たに委員会を監査する組織が外部に設けられた。結果全行程終了の見通しが立たなくなり、殺し合いの大方針は鈍化、次第に集団は開拓民化していった。

五四［八瀬阿仁子］もまた気付くと暗い部屋におり数十人の女子と共に並ぶ部屋部屋を探索し、延々と続く息苦しい合わせ鏡の光景にいつしか恐慌をきたし過去方向の扉を血まみれになりながら殴る蹴るし始めた。手首がもげ骨が露出すればそれを使って壁を掘り、足が外れて立てなくなれば頭突きを繰り返し最後には石に噛み付いた。脳漿を垂らして憤死した阿仁子を皆は五分割し一斉に壁に叩き付け、出た脳を啜り肝を食らい骨を束ねた棍棒を腸で手に巻き付け腰が壊れるまでフルスイングを繰り返した。血と髄液の霞の向こうにやっとで見えた小さな穴の先にも同様の石の部屋と大量の土とがあるばかりだったので、失望のあまりおかしくなってそのままめいめい食べ合った。

「こんなことは実を結ぶの？」五五［佐々木煠子］に向けて小田恋子が訊いた。「普通に考えて不毛と思うな、時間かかるし、手間もかかるし、たくさん続けないと意味ないし、意味持つ程続ける為の確実な手段がないじゃない。見も知らぬ誰かの助けが必要だし、偶然がないとありえないし、もし奇跡的にあったとしても九分まで徒労と判ってるじゃない。エンジンが気持ちしかないし、もっと短期的な代替手段もあるし、頑張って私らが何残そうがきっと誰にも気付かれないよ。時間も力も限られてるのにわざわざやるほど価値あることなの」

「小田さんは判ってないな」手製の袋に土砂を詰めて二人はえいこら未来へ帰る途中だった。

「何が」笑われて恋子も少しだけ突っかかった。「だってぶっちゃけ判ってるでしょ。実を結ばないと佐々木さんでも」「グローバルに考えないと。ワンフォォオルオオルフォワンだよ」「あ？」「結ぶも結ばないも埋めない宝は掘り返せないよ。私らいるのは何もない石の部屋だよ、延々続くだけの人工物じゃない。こんなしょうもない土地で、不毛じゃないことなど何にもないのだから。別に一緒でしょ、優しくしたり健やかに生きるのでも。だから無意味とはいかないよ、自然主義で通り行かない時場もあるでしょう。一人でどうにも手詰まりならば自分みたいな誰かをみだり想うのは順当じゃないか。誰かのために宝を埋めれば私も宝を掘り返せる。自分のことのように信じられる何か、未来か過去か無限に並ぶ自分の同人と結託するんだったら未曾有の大帝国にも及ぶし、秘宝もきっと存在出来るよ」「大変な話してない」「逆だよ。ただ自分だけ喜ぶものを生んでは死蔵するだけで世の中がよくなるなんてこんな愉快は他にないよ」勇み煤子は鼻で笑ったし、たまたまの隣人の辛そうな手を取って狭い通路を一緒に歩きもした。「今日か明日か私たちは千年先を見た時楽にならないか。人はともかく自分に似たやつは想像出来る。付き合わされる決まった遊びだって、相手を選べるのなら楽しさも変わってくる。ない前提を空に架けられれば目線の外にも歩いていけるし、過呼吸じみた他人の決め事にだって、本当は付き合わなくてもよかったとなるじゃないか」

五六　〔市川脈子〕

講堂へ向かう通路を歩いていて気付けば閉じ込められたどこまでも続く石造りの部屋の中でそういうことを考えた女子は大勢現れたが、そういうことを考えて行動した生徒と実際にそれを見つけた集団とは別だった。市川脈子らはその時まだこの石の部屋の概観を調べている最中で、鉄の扉を破壊したのもその一環だった。

過去方向のドアをたまたま一つ破った彼女ら十一人の卒業生がまず見たのはドアにかかった自殺体だった。

「わ」声を上げ脈子は後ずさった。

鬼が出るか蛇が出るか恐らく同じような部屋がこちら側にも続いているかも知れないと脈子も一応想像してはいたが、目の前の部屋は予想とは少し違った光景だった。自分たちと同じ卒業式の出で立ちをした、十二個の女子の死体がそこに転がっていたのだった。

「何これ」十一人の一人吉田爪子がいった。「集団自殺？」

「判らない。気持ち悪」藤田脛子が鼻を押さえた。「並んで死んでない？」

「並んで？」「輪になってない？」

「何だろう」初めて目にする人間の死体に脈子は震えが止まらなかった。折り重なる床の死体、血痕、排泄物の臭い、試験の紙の裏に書かれた遺書らしき文、出しっ放しで散らばったトランプ、萎れた花、何故かスナックの内袋のようなものもあった。

「パーティーか何か？」

「これを見て」小林へそ子がいった。「壁に絵と、これ、どういう意味？」

『反省会へようこそ！』

そう彫られた壁の前で、意図を取りかね脈子らは首を傾げた。蔓草飾りなどしてあることから、あるいは脈子らを歓迎しているのかも知れなかった。

「ようこそって？」「何かが奥にあるの？」戸惑い爪子が駆けだし脈子らも後を追った。

ドアに上履きが挟んであったので部屋を遡ることは容易で、やはりこの自殺した女子達は、奥に自分らを誘いたいらしいのだと脈子は確信した。

十三部屋進んでみると突き当たりは何もない部屋で、その部屋は自分たちが過去のあの女子達と同じ状況を繰り返しているのだと強く示唆していた。「この先に一体何が？」脈子らはしゃにむに目の前にある閉ざされたままの鉄のドアを打ち据えた。ドアが破られたのは数時間後、足を踏み入れた脈子は思わず目を疑った。

パーティーしていた女生徒たちの十三部屋のすぐ隣、扉一つ打ち破った十一人の卒業生の眼前に広がっていたのは、地上に出たかと見まがうほど天地四方にどこまでも続く広大な空間と、そこに見渡す限り広がる、種々咲き乱れた色とりどりの花々だった。

「野原？」へそ子が呟いた。「庭園？」

「馬鹿な」

「外へ出たの？」

平野いっぱいの一面の花畑に、天国みたいと脈子は思った。

一番近くに咲いている花は、脈子の胸のものと同じ菜の花だった。

五七　〔谷村路子〕

「かく経緯を経て八十期卒業生たちによる無限の石室への入植は結実を見た」

津田木場子先生が教科書を読み上げ、数文字残してページを捲った。

隣の教室でも近いページを授業しているらしく、開いた窓からさざ波のようにぼやけた言葉が伝わってきた。

日差しごとページをめくると、コントラストは紙上を滑り落ちた。辺りで紙の音がまばらに折り重なって、数文字暗記で助走してから、先生が文字を声でなぞった。呼ばれた文字はただのインクだったが、路子の目には埃のように、浮いては沈んで見えた。

「私たち八十期卒業生を閉じ込め」姿勢のいい先生は口を閉じて咳した。「卒業試験なる一連の状況を強いた何者かについては、未だ多くのことが明らかとなっていない。学校長立川野田子その人に対しての研究も近年進み、聞き伝わるところからそのプロファイルもまた纏められつつあるものの、一教職者という以上の人物像に現状到達することかなわず、無限に続く石空間の成立についても同様、如何様にこれが準備され、またその終焉がどのように迎えられるのかなどについても今以て不明のままである。継続中の調査に関しては、石室中の生徒の起床条件が明らかになりつつある。確認されたところでは過去方向の扉が使用されない限り密室内の卒業生は目覚めることはなく、壁や床、天井、未来方向の扉などを破り部屋を開いた場合、床に横たわったまま活動を始めない。そのまま室外へこれを持ち出し長期間放置などしても餓死等起こすことはなく、原則的には永遠に少時間寝たままの姿でその場に留まるものと思われる。呼吸脈拍等はなく、代謝も見られない」木場子先生がそこで顔を上げ、黒板に向けて筒の図を描いた。「起こさないまま持ち出した生徒は、触感が起きている女生徒と異なります。またその手足を刃物で切るとどうなるでしょう。誰か」筒に切れ目を足してから先生が教室を見回し、路子の付近の窓際も見たが、路子は無心でやり過ごした。「門田さんどう」「はい」門田義理子は会話の流れを考えて少し黙った。「脈がないのでどくどくと血は出続けません、死体を切るような感じでしょうか」「そうですね。傷口が塞がることもありませんが出血は少量です。流れた血は変質して、凝固・分離を始めることもありません。血管を開くと流れ出る一方寝ている状態では鬱血などは見られず、恐らく血は体内で液体のように振る舞わず、循環する途中のそのままで全身にあります。血液以外も同様でしょう。外からの干渉自体は可能で、体を切ることは出来ますが反応はなく、ただ傷を付けた状態でその生徒のいた部屋の過去の扉を開くと、女生徒は覚醒し生命活動が開始されます。ここから扉と私たちはスイッチのような関係が確かに設けられてあるらしいことが判ります。部屋が閉鎖系であるか否かでなく、扉の開閉が条件なわけですね。ドアや生徒の体に機械的な仕掛けがあるわけではないので、どこか別の場所から扉の開閉を観測している者がいて、何らかの方法で干渉し、活動を開始させていると考えられます。教科書戻るね。えー、代謝は見られない、次の段、今日の私たちの先達に当たる卒業生たちは、互い殺し合い岩屋の外に出るのではなく、その中で暮らしていく道を選んだ。この道もまた数え切れない死者を生んだことが推測されて然り、かような犠牲の上に今日の建設的な私たちの暮らしが成立すると。だからまあそういう運動がなかったり奇跡的に実ったりしていなかったならば、私たちは今でもあの目覚めた石の部屋の中で殺し合いをしていたはずなのだよと。また、その頃より歴史の記録が残されるようになったと。太陽や星はないけれど、携帯や腕時計を元に一日や一週間だね、おおよそ数える習慣が生まれた。地球のサイクルで新しい生活を始めようとしたんだね。そこから新しく時間が区切られたの。私たち全員が立女の八十期卒業生なわけで、実際その記憶を持っているわけなんだけど、えー次ね、開拓期以降発掘された同輩を便宜的に一年ごと八十一期生、八十二期生と呼ぶようになり、本来同級だった生徒たちの間で年齢の概念が再発生した。まだ社会的には不安定な時期であり、草本、木本、虫類の数も少なく、食人の割合は現在よりも多くを占めていた。ただそれでも社会は八十期生から九十期生、九十期生から百期生へと徐々に移行して受け継がれていったわけね。ところでこの頃の開拓地はまだ縄文や弥生人のそれに生活水準としては似ているんだけど、大昔の人類と古代卒業生とで大きく違うのはどこでしょうか。じゃ大橋さん」

「はい、違うとこ」大橋さんは考えた。「字がみんな書ける」

「そうね。みんな平成の中等教育を修めている点ね。誰か一人が文章を残せば後の世代は支障なくそれを享受することが出来たの。みな元々同級生だからね。農業が成功する前に紙があったし、ペンがあったし、上質の布があったし、鉄の車始め先人が作った物資があった。おうちが農家とか、手に職系だった子もいた。技術や文化は少しずつ、ただ地球史に比べればずっと早く蓄積していったの。寿命も早かったけどね。植物作りに成功して食べ物を収穫することが出来るようになると、結果すごい速さで文明が発達したの。全員昨日まで機械文明を知っているからね。で、最後のとこ。石室で起こった植生の遷移に留まらず、私たち立川女学院八十期卒業生が遭遇したこの状況全体を指して自然に於ける攪乱のような様相を表していると見る向きもある。火山の噴火森林火災、地球温暖化などによって環境が急激に変化・破壊されると生態系もまた変化を強いられる。環境の変化しない土地では競争力に勝る種が勢力を伸ばし、やがて多様性が失われる。激変する環境が生存に適する種を入れ替え、変化と安定の繰り返しがその土地に於ける多様性を高める。長い時間で見た場合多様性に不可欠なのは充足でなく厳しい環境であり、競争の真の源は不足でなく安定した環境なのである。私たちが過ごしていた地球の日本の生態系をあるいは極相と見るのなら突如降りかかったこの不毛の地への漂流は環境の攪乱と取ることも出来、卒業試験なるものの真髄がそこにあるのかははなはだ不明だが、単純な競争を離れ私たちの先達が入植を試みやがて奇跡を成し得たことも、環境と生物の歴史の視点に立てばあるいは必然であるともいえよう。

未だ遷移の途中にいる私たちは安定したかつての生活環境に比べ多くの打撃や破壊に耐える必要がある。攪乱強度の強い種のみが何もない土地に根付けるのである。ならば現世で私たちを囲んでいた競争原理を安定した環境が生む現状不適当な価値体系と喝破し、この地で暮らす全員が一つの強く生きて育つ種としてあるため、過去死んでいった全ての人に生かされている自己を強く自覚し、自他一体の精神の下に一致団結して、よりこの石中の楽園を理想の社会へ日夜反省の下研鑽していかなければならない。それこそがこの地で暮らす全人を幸福にする、ただ一つの方法であるといえよう。

石室の個々は立方体ですが、その連なりを遠くから覗き込むとどうですか北川さん」

「どこまでも続く一本の通路に見えますか。物質を交換出来るし、とても細いですが」

「そうですか。ではこれを植物の茎と見るとどうでしょう近藤さん」

「石中に伸びる地下茎でしょうか」

「あるいは条虫でも蛇でも、この通路を一つ生き物と見る場合石造り個々の部屋はその細胞となるわけですね。閉じ込められた石中において隣人と奪い合えば半数以上が息絶えますが、同じ生き物として振る舞う時に厳しい環境で育ちうる強さを手に入れます。地下茎は養分を蓄え丸く形を変えるでしょう。もはや一本の茎ではなく、細胞である私たちが有り様を変え集まったこの空間は、植物の開花にも結んだ実にでもたとえられましょう。三日後に迫った花祭りの由来もこのところにあるわけですね。これを思い出して当日は楽しみましょう」

　そこまでいった所で窓の外から鐘の音が聞こえた。今日はここまでと木場子先生がいった。「このままホームルームやっちゃうから」

「先生トイレ行っていい？」

「我慢！」連絡が始まり、透き通る先生の声を耳に入れながら路子は前の子の背で本を読んでいた。「祭りまであと三日、準備の辛苦が実りの父母です。最後までみんな頑」

　ホームルームが終わり通り過ぎるクラスメイトの影が机の上に映って、風の日の雲のようにすぐ模様を変えた。平原のような机の上にノートと教科書がまだ出されていて、頬杖の路子はまだ本を読んでいた。最後まで読み切ってから黙って立ち上がり背筋を伸ばし、その後かばんに教科書と本をしまい、上履きに踵を入れると、教室の出口に向かった。

「谷村さん」

ランプの下で喋っていた女子の一人が路子に気付いた。「どこ行くの」

「図書室」綺麗な指で進路を塞がれ路子は立ち止まった。「本、返そうと」

「谷村さん当日調理班でしょ。これから調理室で反省会だよ」

「そう」

「ちょっと」返事だけして去ろうとする路子を、今度は別の子が止めた。髪が揺れ、路子のカーディガンに触れた。「そうじゃなくて。来なよちゃんと」

廊下で立ち止まり路子は女子らを見た。今度は返事を返さなかった。

「さぼりばっかじゃん谷村さん、ちゃんと決まったこと参加しなよ」

「聞いてないし集まりあるって」

「さぼったからだろ。今聞いたでしょ出なよ会議」

「先図書室寄るから」

「帰る気満々じゃん」路子のかばんを指し一人がいった。「出りゃいいじゃんか忙しいわけでなし。やんなきゃいけないことでも何かあるの？」

「どうしたの」黒板を拭いていた学級委員の植村行子が歩み寄ってきた。「谷村さん？」

「そう。集まり出ないから何か」

「駄目だよ谷村さん」軽く行子は笑って見せた。「反省会で決めたんじゃない」

行子の方は見ず他の女子達に路子は訊いた。「私いないと具体に何困るの？」

「別段困らんが行動は問題だろ」

「そういう」かばんの肩を路子は替えた。「名義で出るようなら、尚更出る気ないから」

「あなた一人が肩代わりする仕事量で高まることはあるでしょ。今回の班仕事があなたにとってそうでなくとも、未来にあなたを私たちが補塡することはいくらでもあるじゃない。そういう風には考えないの。どうしてもこの時間を遊ばせておきたいの？」

「あなたの時間はこの土地を開くの。あなたがあなたの時間をあなたの為に用いて、それは本当に必要なことなの？　行事は違うよ。みんなの為になる、それがいつかは力に変わるよ、皆別に遊んでいるわけじゃない」

「具体的じゃない」路子は突っぱねた。「出たってすることないんでしょ」

「もう駄目じゃん」最初の女子が呆れ気味路子を睨んだ。「諦めて先生にいおうよ。個別に送ってもらえばいいじゃん」

「ちょっと」慌て気味行子が遮った。ちょうどそこを木場子先生が通りがかって、路子は職員棟まで連れて行かれた。

「どうしても出たくない理由が班に？」

「別に。興味なくて出たくないだけです」

「それは本当に正当な主張？」

「いわれたからって何でもするんですか。強制の道理自体はないはずです」

「お母さんから聞いてるよ。谷村さん最近帰り遅いんだって。どこ寄ってるの」

「図書室」

「計算が合わないよ。深夜まで帰らないそうじゃない。校外で何を？　誰かと一緒なの？　あなたのしたいことって本当に必要なことなのかな。お父さんやお母さんがそれをどういう風に思うと思う？」

「誰にどういうこと思われても、付き合えないこと、別に普通にあります」

「普通？」

「普通に馬鹿馬鹿しいことに無理して付き合えません」

「谷村さん」向かいの机、木場子先生は諭すように身を乗り出し手を組んだ。「あなたのように考える人が、こういう土地を拓けたと思う？」

路子は押し黙った。外は明るく、指導室は薄暗かった。掃除が入った直後らしく木の床が水で濡れていた。見下ろすスカートの繊維がひだの輪郭に沿って光っていた。

「一人じゃ出来ないことを協力して大勢でやったから、無謀なことでも、無意味や無駄ではなくなったんでしょう。やっていく中であなたの価値にしていくんだよ。違う？」

「そんなことは私は知らない」路子は俯いた。

「ご家族と一緒に一度お話ししましょう」木場子先生が髪を耳にかけ、生え際にわずか白髪が混じっていた。したため始めた手紙の文面は、板書でも見慣れた重症の丸文字だった。

鉄製のドアを後ろ手に閉め路子は指導室を後にした。廊下に委員の行子が立っていて、路子を見ると何事かいいかけた。構わず路子は廊下を進んだ。少し後ろを行子がついて歩いた。「大丈夫谷村さん」

「何が」

「木場子先生は優しいけれど、指導の先生、怖い人多いから」

何もいわず路子はやや足を速めた。

「最近変だよね谷村さん。何かあったの？」横に並んで行子は路子の目を見た。「わざと揉めるようにして。そんなじゃなかったじゃない」

「関係なくない」路子は行子を態度で振り切った。

放課の学校は埃ぽく賑やかで、人に会わぬよう教室を迂回して図書室へ向かった。掃除のモップと雑巾の臭い、バケツをよけながら木造の廊下を進み、二階建て校舎の一番片隅、馴染みの木戸を路子は開けた。「こんにちは」

「来たな」司書の月井振子先生が本から顔を上げた。眼鏡も上げた。「早いね、掃除ないの」

「休み週」いって路子は布のかばんから本を取り出した。「返却お願いします」

「もう読んだの」

「読みやすい系だったから」路子は自分で貸出カードに日付を入れた。「判子下さい」

「はい」振子先生が押印した。「今日何借りてく。ミステリ増えたよ」

「今日は」いいと答え路子はカウンターの執筆希望用紙を一枚取った。「昨日思い出したの」

「本当。今度はどんなの」

「多分小三とか四とかの頃読んだやつ。図書館にあったの」

うろ覚えなタイトルをボールペンで記入し、可能な限りあらすじを路子は記入していった。小さく書いたが紙は二枚になった。祭りの準備だろうか、外で釘を打つ音が響いていて、ここ第三中の図書室は日当たりが一等悪く、人が多い時もどこか寒々としていた。外に立つ記念樹の枝がカーテンになって窓にかかっているせいで、そんな景色のない木陰の狭い部屋に、今は路子ら二人だけだった。

「十歳くらいの女の子が主人公で、外国の子なの、三文字の名前でエリーとかメリーとか、そういう感じ。その子が夜盗賊に攫われて、ジャングルに一人置き去りにされるの」

「親は」

「隣街に出かけてる日で」書きながらどうだったっけと路子は頭を捻り、ペンを回しながら自分の胸に問いかけた。「で、ジャングルで、狼に？　違うかな、襲われて、大きな鳥に出会うの。助けられてその鳥と世界を冒険するんだけど。鳥は小さい頃人間の女の子に恋したりしてて、主人公の子と一緒に、もうおばあさんなんだけど、その初恋の相手を探すことにして」

「最後はどうなるの」

「どうだったかな。鳥が死んじゃったか、おばあさんがもう死んでたかで」「そうなんだ」

　自分で書かないのと振子先生に訊かれたが、かぶりを振って路子は申請を出した。三中の図書室は十畳ほどの大きさで、興味のあるようなものは読み切ってしまいつつあった。ここも自分の逃げ場に出来ないという予感もあり、入り浸る時間自体最近は減ってきていた。

　カウンターの奥に先生が消えた。ドアの向こうには事務などもする部屋があり、入れてもらったことのあるその閉架には、古びた木箱が山ほど積まれていた。箱の中身は膨大な量の生徒手帳で、過去方向の開拓地から発見された、かつていた死者の遺物という話だった。閉架の殆どを占めるそれらは、路子の見た時には既にぼろぼろ崩れつつあった。

　現在手帳は行政に使うため個々人が所有し（紛失不携帯は強く咎められる）、その死後は役所へ回収されるらしかったが、古代遺物の管理はたまたまか学生に見せんとしてなのか、この古い学校の図書室で行われていた。かかる化石の管理こそあれ、基本的には普通に、図書の管理業務がこの図書室の本分だった。

　二十年は昔にこの学校が作られ、その当初から図書室もあったらしいが、無論名前と部屋を用意したからといって、蔵書がどこかから湧くというわけではなかった。建物作りとはまた違った意味で本を作ることも未発達な分野であり、自転車に乗ろうと思い自転車を作ることも勿論大変だが、ホームズを読もうと思っても、ホームズは作りえないのだった。

古典や定番がないところからこの街の図書というものは始まっていた。いわゆるところと違い図書の作成もこの街では図書館の重要な業務の一つだった。基本的にはかつて存在し皆が目で見、手で触れた図書館をこの地に再生させることが最大の目的で、読んだ人間の記憶を元に書籍の内容を再現しようという動きも出たが、結果としては惨憺たるものだった。現在図書館の類の棚に収まる本は大きく二種類あって、一つはかつての世界にあった本の粗悪な偽造種、カーマイケル卿事件ならカーマイケル卿事件のあなたのお庭はどんな庭ならあなたのお庭はどんな庭の雑把なあらすじからお話を再現するもので、もう一つは完全なオリジナル、過去の卒業生たちが手ずから考え作り上げた創作物だった。どちらも出来としてはそうとう劣悪で種々の技術不足が拭いきれない代物だったが、劣悪なりに需要はあって、路子もそんな読者の一人だった。昔読んだ物語を思い出してはメモに取り在野の創作家に再現執筆の要望を出すのだが、思い出を上回る傑作には出会うべくもなかったし、そもそも記憶自体頼りにするには曖昧で、数種の話を混同して記憶している場合もあった。基本的には失望を繰り返す路子がそれでも図書室に繰り出し続けたのは、いつかは快作にも出会おうという上から目線ゆえだった。

「飽きずに沢山読むね谷村は」路子含め数人の名ばかり並ぶ貸し出し帳をしまって振子先生はいった。「読めればいい時期か。楽しくないんでしょ」

「うん」

「贅沢はいえないか」振子先生は笑った。先生自体は路子などよりも実作を続け図書を提供している文芸部の女子達と仲良くしていて、その為昼休みなどは路子は図書室に寄りづらい感じがしていた。読みこそすれ下手くそな一作者にいいたいことなど路子にはなかったが、向こうは路子から聞きたいことが山ほどあるようだった。

「先生はどう調子」カウンターの穴をほじりながら路子が話を雑に振ると、眼鏡の振子先生は小さく笑った。かつてあった図書の再現ということでは振子先生の作業が極北で、先生はまだ学生のみぎりからこの図書室で小坂理絵作品の完全な写本を作成しようとしているのだった。漫画の臨写がそもそもどれほど可能なのか、原本が存在しないことに関しては完璧なものが自分の脳内にあると振子先生は豪語していたが、いずれ狂気の営みではあった。苦節二十八年の果て完成したという短編「仁科杏美の怖い噂」の再現度については原典を知らない(小坂理絵を知らないと路子や数人が告げると同い年なのにねといって振子先生は寂しそうに笑った)路子にはその判断のしようもなかったが、手打ちのトーンや写植、異稿で埋まった倉庫二つ、漫画としての確かな面白さなど、振子先生の負った狂気がどうあれ一つの結実を見たことは路子には疑えなかった。

「そういえば」黙って書き物をしていた振子先生がふいに顔を上げ、路子も紐綴じのレシピ本から顔を上げた。「もう祭りは始まってるね」

「まだでしょう、準備中じゃん」

「学校のじゃなくて」上目先生はブリッジを上げた。「祭りは街中でするじゃない」

「ああ。私あんまり寄らないから街」

「寄らないでいいの。始まってるんでしょ祭り」

「興味ないもの、学校のも休むし」

振子先生は驚いた顔をした。「もしか谷村知らないの」

「何を」

「古書市だよ。祭りの時は毎年出るよ。行ったことないの」

驚きすぎて言葉が出なかった。古書がこの土地に存在するなど夢にも思っていなかったのだった。路子の感覚では卒業式の日からまだ二年かそこら、この地に歴史があること自体絵空事のように感じていた。

「行ってくる」それだけいうと路子は図書室を飛び出した。

遠く校庭で大勢の同級生が櫓を組み立てているのが見えた。混雑する人の間を縫い、ピンボールのよう路子は駆けた。

校門の前で荷車を押す行子に再び出くわし、思わず路子は舌打ちした。

「どこいくの」髪を結った学級委員は路子を呼び止めた。「本返したの。班会行かなきゃ」

「用事」

「谷村さん」

「何でも好きにすりゃいいじゃない。帰るのも、告げ口するのも」それだけいうと路子は駆け足で校門を飛び出した。背後で行子が何かいうのにも構わなかった。

学校を十分離れ、履き替えた外靴に入っていた小石を出し、靴下を持ち上げて路子は再び歩き出した。前方に平坦な道がどこまでも続いていた。石の道は周囲より一段高く、畑の境に大葉子が茂っているのが見えた。

学校のある寂れた旧市街から通りを十分ほど上ると現在の中心街に行き着き、祭りもそこで行われているはずだった。呼吸に合わせて歩いていると、背後から大きな音を立てて運搬車が近付いて来た。土手に下りて道を空け、巨体の六輪車を先に通らせながら、広く高い空を路子は見上げた。

ぼんやり明るい石製の空だった。目を凝らすとぼうとした明かりの中くすんだ無数の黒い星が見えるはずで、移動する星の一つ一つが蜘蛛のようにぶら下がり上空の石壁を掘り進む人間の姿であると路子は習った。縄と鑿を持ち上空数キロを闊歩する彼女らは皆目を焼かれて失明しているらしく、未だ明らかでない石中の光源に辿り着いたとしてもそれと気付かず燃え死ぬといわれていたが、星が人とは神話のようだと路子は感じるだけだった。

街と街の間はグラデーションになっていて、木立や納屋が辺りから消える頃、二階建ての建物の傾斜の屋根や、鐘塔の先端が前方に見えてくる。箒の老婆がおり、再び周囲に木草が増えだし、街の外れにある看板とベンチが見えて、姥百合通りはそこから始まる。石敷きのその大通りを中心に商店街が左右に広がり、通りの名前で呼ばれるばかりのこの街そのものには名前はなかった。その直線の通り自体が街の基盤であり、分岐こそすれ通路から離れて市街が発展することはないためだった。開かれた広大な空間にはこのような街が幾つか点在していて、それらは全て一本の直線道路で繋がれており、数十年前に開かれたこの街は、今なおこの地で一番繁華な場所だった。

由来でもある姥百合の花壇の間を歩くと、にわかに人とざわめきが増した。足音と話し声が布切れのように重なって、風のない街に低く鳴っていた。通行人は普段より明らか数を増していて、祭りのために多くの女性がここへ繰り出しているようだった。地元の女性から遠出っぽい女性、腰の折れた老婆から路子位の年のギャル系まで、様々なりの人間が溢れていて、いないのは男だけだった。こんなに人がここにはいたのかと路子は改めて驚きもした。

建物は石造りが多く、煉瓦の街は数十年経ち今は蔦と花の街になっていた。窓にガラスは滅多になく、多くが木戸で、今は殆ど開け放たれており、住人らしき多くの白髪の女性がそこから顔を覗かせ、パレードの到着を待っていた。左右の家の軒から軒へ縄が幾つも空に架けてあり、祭りの飾りなのかいろいろな紙細工がぶら下げてあり、弛む縄が続き伸びる狭い空を見て、電線のようだなと路子は思った。

ごった返す女性達に揉まれ、いつもは素通りする通りに面した店々を路子は一つずつ覗いて回った。通りは進むほど女性で混み合い、真っ直ぐ進むのも苦労するほどになった。

年季の街路樹と鉄製のオブジェが見え、街の中心に入り人も増え、看板も増えた。床屋、服屋、帽子屋、靴屋、吊り表札や路上の立て看板を見つつ路子は前へ進んだ。狭い街で見落としていたならば目指す本屋は立地が悪いか狭いか、いずれ見落としやすい店構えをしているものと思われた。

　道の先から音楽が聞こえて来て、手拍子や女声の歌がそれを取り囲み、道の反対では酒屋や八百屋、パン屋の屋台、往来を横切る手押し車一杯に物売りが根菜を積んでいて、天秤棒を担ぐ若い女性が目の前を横切ると、甘いと声を張り果物を売りだした。

「ごきげんよう」道角に座り込む老婆がすれ違う人に声をかけていた。同じ挨拶が路上を飛び交っていて、異物感がひどかったが、祭りの習いか何かのようだった。

「ごきげんよう」着飾る美人が目の前に飛び出すと、手にしたバスケットから花を差し出してきた。思わず受け取ると美人は笑顔で通り過ぎ、その後も周囲に花を配っていった。機敏な背中を路子は目で追い、もらった花を他の人のようにどこかに飾ろうかとも迷ったが、結局やめて、握ったまま歩いた。

　脇の路地に入ってみると、石の緩い下り坂に年寄女達が溢れていた。採光の悪い薄暗い通りで、へたのある実が干してあったり、空の荷車が停めてあったりした。一際太い煙突が見え、ふもとを見ると鍛冶屋のようだった。こんな時でも働いているらしく、あるいは見世物でしているのかも知れず、太い腕の鍛冶屋女子達が窯の前で丸く蹲って、どこかで鉄を打つ音も聞こえた。熱気をよけると家具屋、石屋、修理屋の並び、その先は自然道が途切れて、そのように路地を幾つか覗き流してみたが、目指す本屋はなかなか見つからなかった。

売り子も客もそのままに楽しそうで、打楽器と管楽器の一部分だけが空高く響いてきていた。誰が始めたかこの祭りに大勢の女子達が参加していて、路子であろうとその一人だった。

この街にあるあらゆる職種のあらゆる人々がかつて路子の同学年で、同じ時代の十五年を生きた彼女らは路子が寝ている間に違う時間を行き終えていた。この街を行く全員が同じ講堂を目指していて、石の部屋で目覚めた同じ年度の卒業生だったはずで、過ごした時間の差は同世代の人間を様々な人生に分岐させたといえたが、その幅も一様といえば一様だった。スラングの通じる老婆、コミュニケーションが容易な大人、立ち居や語彙に明確な老若は存在せず、かつて目にした成人達とは脳のバージョンが明らかに違っていた。かつての生活で一過性だった多くの些細なトレンドや流行が、継続的な担い手をついぞ失わぬまま長い時間を生き延び文化的成熟を見ていて、そういった人や物のバランスは、この土地が短い路子にはまだ違和感として映っていた。たとえるならその違和感はだいたい二十代くらいの視野も生活も狭そうな人間が書いた、小説の中にでもいるかのような薄っぺらい感覚だった。

さまよう内に祭りに当てられ、肉屋の匂いや金物屋の屋台に目移りしてしまい、ついつい店の中まで入ったりもした。

「へいらっしゃいごきげんよう！」エプロンをした肉屋の主人が威勢の声を上げて、強めの匂いの中いきのいい肉を気さくに薦めてきた。買い食い用の串などもあって、路子が断るとまた来てねといい歯を零した。背丈は違うが顔がかつての級友にすごく似ていて、判っていながら確認し、落胆までしてしまった。金物屋では年の違う二人の女性が働いていて、路子の改造のない制服を見ると、学生さんにはこれこれが売れないのと、率先して教えに来てくれた。

　眼鏡屋で気になる眼鏡を幾つか見繕ったり、雑貨屋で腕時計や櫛や安価なアクセの類を物色して、何に使うと我に返ったりした。どうしても手に入れたい指輪を一つ見つけてしまったが、元の持ち主のことを考えて意識を剝がした。

　携帯屋に入ると残量のあるバッテリーが会社や対応機種ごと売られていて、路子は一年ぶりくらいに自分の電話のことを気にかけた。何の身にならずとももう一度電源を入れて読み返したい文字列がその中に山ほど詰まっていたが、バッテリーの値段は高騰していて路子にはとても手が出なかった。手回し式の充電器が一つあったが、誰に買えるのか判らぬ額の値札がついていた。

　午車をよけ渋滞する通りを横切り、ぶつかったパン屋女子に謝り、シャツを着ている飛脚女子には、右足の甲を踏んづけられた。ウォーリーでもいそうな混雑をかいくぐり流されながらもホコ天を渡り、屋台を適当に覗いて路子は棒つきの飴を一つ買った。そこで訊こうと思ったが飴屋は繁盛していて忙しそうで、仕方がないので隣のお面売りに話しかけた。

「はいごきげんよう！　全部手造りだよ！」

「すいません、古本屋探してるんですけど、どこにあるのか知りませんか」

「本屋？」屋台の女性は気軽に笑った。髪の短いそばかすの成人女性だった。続けて何かいったが近くをちょうどチアのマーチが通っていて、何といったか判らなかった。

「何ですか？」

「市ならもっと先だよ」声を張り上げ女性は路子の背後を指した。「手品のパフォーマー見えるでしょう。見える？　あのポニテのお姉さん。あの角から更に何区画かいって、銀行が見えた辺りの路地で露店をしてるよ。とにかくまっすぐ行きなさい。判った？」

「銀行見えたら右、左？」復唱しながら英語の授業みたいだと路子は思った。確認をして的屋女子に礼をいい、何も買わずに屋台を離れた。

「勉強頑張って！」背後で女性がいった。

辿り着いてみたが、古本市というほどのことはなかった。ただ店の軒先にもワゴンで商品を広げているというくらいのもので、簡単にいえばがっかりした。

　本屋は路地すぐの石造りの小さい建物で、はめ殺しの窓と観音開きの木戸、Bookgardenと書かれた小さい看板は何故かコーヒーカップの形をしていて、よく見ると末尾のnが薄れて消えていた。板を見上げつつ扉に手をかけると、簡素なベルがちりんと鳴った。

「いらっしゃい」低い声がして、店主は店の奥で机に向かっていた。何かしているのでなくそこがカウンターになっているらしく、小皿と文具が載っているのが見えた。ガーデンにしては手狭な上店の中は随分薄暗く、ランプの明かりが小さく二三個、隙間に掛けてあるだけだった。石の柱が寒々しさを支えていて、外との明暗差に目が慣れてくると、壁や床やに本が山積しているのが判った。

　本といっても紐で綴じてあるだけのものが普通で、実際は紙の束の山といった感じだった。手漉きで作った粗悪な再生紙は破れやすく掠れやすく、とても保存に耐えうるものではなかったし、稀に革張りの製本したものが見受けられもしたが、それらもページが裂けていたり、糊が剝がれていたりした。そんな物でも本だと思うと意味の部分に路子は興奮し、他に客のいない店内で存分に目を使い、惹かれる何かを探し求めた。

　二人分沈黙が店内に流れていて、紙をめくる音と、店主の鼻息だけが時折聞こえた。

表でパレードが始まっているらしく、太鼓の低音がこちらまで届いて、下腹部に響いた。

高い位置の一冊を踏み台に乗って取り、めくっては戻し、また次の一冊を取った。はしごの裏の棚を覗き込んだ時、外で人間の黄色い歓声が沸き上がった。

「お祭りを見なくていいの」店主がそれで話しかけてきた。

「いえ」

「本は逃げないけど」そこで店主は言葉を切った。もしかしてこの人がパレード見に行きたいのかなと思い、遠慮がちその旨訊いてみたが、そういうわけではないそうだった。

「もう何十度も見てるから」老婆の店主はいった。「本好きなの」

「いや」答えてから路子は考えた。「好きって程じゃないです」

「そうなんだ」

「前は憎からず思っていると自分では思ってましたが、この」言葉に迷って路子は黙った。今でもここを何と呼べばいいか判らないままだった。「こっち来てからそれも判らなくなりました。何読んでも楽しいと一頃は簡単に思っていたんですが、本当に自分が大好きなもの以外は何を読んでも苦痛になってきました」

「逆よりは普通と思うけど」

「面白いなら何でもいいじゃないですか。本でなくても楽しいことはある、本じゃなくても構わないなら、殆ど好きな部分はないです」

「面白い本はあったの」

「まだ……」まだと路子はいった。

色んな本があと振子先生はいっていたが、路子にとっては殆ど図書室と変わり映えしなかった。自分の目盛が大雑把なんだと路子は思い、荒い琴線には何も引っかからなかった。

図書室の図書も古書店の古書も、ジャンルや出来はそう変わらなかった。そうじゃないものだけ路子には見つけられず、ただ気持ちだけが疲れていった。

よく目にするものに登場人物が閉所に封じられて数奇な目に遭ったり、何者かに強制されて殺し合ったりなどする物語があり、手を変え品を変えそういうあらすじに大別される話が、どの列の書棚にもいくつかは見受けられた。例えば自分の人生を文章に書き記したいと思った場合、大体の住民が石の部屋に気付けば閉じ込められわけも判らず殺しを強いられたらしいという自身の一大体験について少なからず書かざるを得ないのだった。実際に閉鎖した環境で殺し合いをした者はなかったが、人生の転回点としてこれ以上を持っている者がまずいないので、物語であれ人生論であれ例えば戦災や震災の後のように、誰もがそのことについて何かを語り継ぎたい、あるいは書かねばとなってしまう案配らしく、とはいえ売り物でなし執筆の動機の大半は自己の満足にあったため、自分にとっての大事なことを大同小異に誰もが語っている印象だった。読み手の側でいっても全く自分に関係のない話よりは身近な話が興味を惹きやすく、自分のような人間が出てくるお話というのも需要があったので、誰もがしている体験というのは題材としてよく受け入れられたようだった。結果本屋や図書館に溢れるのは大雑把に見た時同じような設定の読み物と、後はどこまでも個人的な文章たちだった。路子のようなぬるい人間には、どちらも決して楽しい品揃えではなかった。

「読む本にだって役目はあるよ。たくさん要るからたくさんあるんだよ。必要だったら誰かが作るよ。荷車や家の水道のように」

自分にとって不満なこの現状はそういう道理で生まれたのではないかという思い込みを路子が口にすると、店主は控えめな反応を返した。

「例えばあなたの好きな書名を入れて読んで下さいを読もうと思ってもここにいる万人がこれから二度と読むことはないですね。この場所からあなたの好きな作家の名前を入れて読んで下さいの本に触れる方法はない。あった一切の本がです。用事があろうがなかろうが失われ二度と私に戻ってこない、積まれてあるのは似た物ばかり、本当に工業のように発展は地続きなんでしょうか。欠けてしまったんじゃないですか。二度と取り戻せないなら、車輪や農業とこれは違うことではないですか」

「野菜でも同じだよ、西瓜もアボカドもここにはないし」老婆は答えた。「貧しいというならその通りでしょう。ここにない物は沢山あるもの。そういうことをいいたいのだったら、ここは全く貧しいだろうね」

「ねえお婆さん、中学の図書室にあったドカベンとブッダは誰もが読んでいた。面白いといえ漫画はそこに限られてたもの。今ここに誰かが持ち込んで火の鳥太陽編が出現したらどうなると思いますか。きっと殺してでも奪い合うと思うんです。火の鳥だけに」

「まじ受ける」店主は悲しげな顔をした。

路子は顔を背け一冊の本を目に留めて摑んだ。その本は珍しくきちんと製本されていて、恐らく全てが手作りだろうが、革張りしてある豪華本だった。表紙は固く、中の紙も比較的上質で、驚くことにガリ版か何かで全ページ作られた印刷の本だった。こちらに来てからは手書き以外の本を見たのは初めてで、それだけで路子は圧倒された。手製の印刷器を作った割にこの本が量産されている様などはみたことがなく、恐らく使われた技術も含めて、ただ本一冊の形への偏愛のために用いられたのだと路子は思った。

千ページ超のその豪華本の内容は大概陳腐な続き物で、文化祭の日文芸部に行けば日本のどの校舎でも読めそうなものだった。半ばほどで白紙になったので路子は先頭に戻った。表紙をめくるとある色紙のページにフェルトペンで署名がしてあった。

「サイン書いてる」思わず面白くて路子は一人で盛り上がった。どうにもそれが滑稽に見えて、しまいには涙が出た。「最初から印刷しとけばいいのに！」

老婆の店主は静かに首を振った。別に面白くないというような素振りだった。

「馬鹿馬鹿しくないですか。何の意味があるんだろう」

「何ていえばいいか私には判らないよ。でもそうしなきゃ自分が死んだとしたら、意味ないことでも私はやってしまうよ。何にでも由縁やしのぎがある。馬鹿馬鹿しい全てから逃げ切れはしないのだから」


噴水の広場で演劇女子が台詞を吐いていて、通行人の輪がそれを囲んでいた。少し疲れた路子は噴水に腰掛けて休んだ。左の方で誰かが水を汲んでいた。少し離れた広場の隅に丑午が二ダースほど固まりになっていて、中年の飼い主が一人で全部の面倒を見ていた。

広場では打楽器とシンガーのユニットがパレードに呑まれつつ外界の曲のカバーをやっていた。そういう他人の歌を歌う歌い手がかつてこの地で流行ったが、やがてシンガーソングライターの台頭に押され下火になり、物が溢れていた一頃にはバンドのブームなんてものもあったことなど、路子にとっては知識だけの過去だった。本にしてもそう、そういう娯楽が大事にされて生きる慰みになっていた時代もあったらしいが、今周りを見回しても殆どの人にとってどうでもいいもののように見えた。せいぜいこうしてイベントのために見栄えの華として駆り出されるばかりで、真面目にやっている当人たち以外にとっては、既にこの地での役割は終えているようにも見えた。

ベンチの近くにちょっとした高座があって、そこで歳も知れぬおばあさんがぼそぼそと不明瞭に喋り続けていた。確か外界日本のありふれた思い出やかつて無念の内に非業の死を遂げた女子たちについて後世に語り継ぐ語り部の人で、ベンチには数人大人の女子が座っていたが、話を聞いているというよりは休憩に見えた。路子も一度授業で語り部さんの貴重なお話とやらを聞いたことがあったのだが、抱えた歴史分年を取ったかの人のお喋りの不明瞭さや、再生しすぎて省略と誇張が育ち過ぎたその芸のヤングへのフックのなさに参ってしまい、いい話をしてるんだろうが正直しんどい、いっそカンペに起こして朗読してくれと思うばかりだった。語り継ぐにはあまりに生き過ぎたのだという不遜な雑感はしかし、かつて有意義だったらしい語り部が行事の不人気な堅苦しい演し物になってしまったことを鑑みれば、皆にとっても期限切れなんだろなどと思っていた。

正面の尖塔から大きな音がした。見上げるとぶら下がる二つの鐘が打ち鳴らされており、決められた午後四時を誰にともなく報せた。辺りが暗くも別になりはしないが、歩いて帰るにはそれなりに遅い時間だった。

鐘を合図に祭りも進行するらしく、最前まで花を配っていた若い女性達が一斉にバスケットを置いた。代わりに大きな樽の側へ近付くと、柄杓を使ってその中身を周りの女子らに振りかけ始めた。

「ごきげんよう！」歓声があちこちで上がった。樽の中身は液体だった。水っぽいものやどろどろのもの、様々な濃度のそれが樽に入れられ街中に置かれていた。この世界での得がたい恵みの象徴を模した液体で（本物は貴重なので代用）祝福に代えて互いに掛け合う毎年の習慣になっていた。服や髪に多くかぶった者は一年豊かに過ごせるとされていた。親愛の証のように女子達は恵みを捧げ合った。「お幸せに！」

笑顔と挨拶が飛び交う街のメイン広場をひっそりと路子は後にした。

五分も歩くと建物が消え、ただ道と畑が目の前に広がっていた。少し離れると途切れてしまう祭りの喧噪はほんの一箇所での賑わいで、あれほど多かった人も僅かにすれ違うばかりになっていた。

街の辺縁で婦警さんが手持無沙汰にしていた。街中でも数人見かけていて、横目に早足路子は通り過ぎた。使い込まれた木の棒が見えた。

祭りに向かう家族が何組も人力車で往来を駆けていった。相当長い距離を来たのか、引き手は全員疲弊して見えた。裏向きの看板の脇を通ると中心街はそこで終わり、一回薄暗い林を抜けると、その先は見晴らしのよい寂れた道路が真っ直ぐ伸びているばかりだった。

土地の開発に関していえば、石の空間を掘削し大きな空間に作り替えたとしても、全ての地点を等しく豊かにする道理はないのだった。開発された街と街との間にはそれ以上の面積の間隙地が存在し、ただ広い道と岩石ばかりそこに横たわっていた。中心街を離れ間隙地に通る長くだだ広い道を行き、その先に見える街に路子の起居する家はあった。

かつては学校のあった旧市街が開発の中心だったが、やがて現在の中心街が開かれ、二つの街が発展する間により広大な空間が掘り広げられていたため、次の市街は間隙を空け遠く離れた土地に開かれることになった。再生紙工場も確かその辺りにあり、現在は更に先の土地が開発政策の対象となっていて、便宜上そこは新興地と呼ばれていた。

路子の街は旧新興地という位置づけだった。新築ほど質はよくなっているらしいが、基本的には家は似たり寄ったりで、一人当たりの床面積など、何か基準はあるらしかった。高層建築技術はなく、団地のような景観にはならない代わりに、家同士が接近していて、庭の類はめったに見られなかった。

新興地の更に先には未開の平地が広がっていて、その更に先が発掘作業の最前線となり、そこではまだ開かれぬ巨大な石の壁が眼前に立ちはだかっており、石中では無限の少女と通路が目覚める時を今も待っているはずだった。未開地から先は社会科見学で一度見ただけだったが、その光景を今も路子はよく覚えていた。

歩く前方に人影が見えた。いつもいる肥えた一人の老婆で、今日も大きな箒を抱えて魔女よろしくそれを扱い、土を少しずつ一箇所に集めていた。グラデーションになっている街の辺縁では人の移動による土砂の流出が大きな問題で、放置をすれば土地はやがて痩せ深刻な砂漠化を引き起こすことが危惧されていた。そのためあちこちにいる役目の者がこうして毎日流れ出る土を、街の方へとかき寄せているのだった。

背後から運搬車がやってきて路子を追い抜かした。かつてこれより巨大な一キロを超える超長距離移動用トロッコが存在したという伝承を授業で習ったが、与太にしても随分で、この地の教科書というものは出鱈目の塊であると路子は考えていた。いわんや大人たちをや、皆知らんぷりをしているのだと思いつつ、馬鹿でかい車輪と繋がれた無数の奴隷、五トンはあるらしい荷台の土砂を道路の縁から見上げた。未開平地では現在農地の造成が行われている最中で、こうして貴重な資源でもある土を運んで投入しているのだった。

この直線道路を逆方向へ遡ると、旧市街の奥には広大な人口減少地が広がっていて、その寒村から使われない土壌を切り崩し、平地へと運び役立てているのだった。運ばれた土は質を調べ欠乏する栄養素や有機物の投入を繰り返し、時間を掛けて大規模造成農地へと工事されていき、人口減少地に暮らす人間はその多くが後期高齢者で、彼女らが死ぬと同時にその土地のインフラは廃棄される。老婆ばかり暮らす土地に若者達が出入りすることは稀で、業者と年寄りばかりが過ごすその土地は活気もなく、ただ少しずつ寂れていくばかりだった。

限界集落の先は土壌の消滅による森林限界があり、更にその先は広大な遺跡群となっているはずで、ただ人のいた痕跡ばかりの岩と砂がそこにあるという話だった。更にどれほどか遡るとやがて空間は狭まっていき、最果てには石中に一枚の鉄の扉が埋まっているはずだった。

ただ広い帰り道を辿りながら、狭い土地だと路子は思った。逃げだそうと思えばすぐにでも壁に突き当たる、ただの一個の大部屋だった。

太陽のないこの土地に日没はなく日の出もなく、一日で最も美しい時間は二度と路子の前に広がることが叶わなかった。気候は変わらず暑さも寒さもなく、ただぼんやりぬるく薄暗いだけの世界だった。日がのびる感じも、土砂降りの朝も、生死不明の蝉の恐怖も、夜濡れる冬の多摩大橋も、永久に路子からは失われてしまったようだった。

路子と同じ今も学校へ通う若年層の少女たちが背後から自転車で追い抜いていった。すぐに背中が小さくなった。祭りの準備で居残っていた生徒達も、既に下校を始めたようだった。朝もやる多摩川の土手も、国土交通省の丸文字も、豆腐屋がまじで朝早いことも、犬が街にはどれだけいるかも、新奥多摩街道のクリーニング屋の不気味さも、爆破映えしそうな変電施設も、例えばスタンドの臭さ、松屋の味一つでさえ、彼女たちの内には知らない者も、なくした者もいるはずだった。逆もまた当然であるはずだったが、そういうことを仕事でなく、化石でなく、自分の不満としておおっぴら口にする人間は、この街のどこにも見つけられずにいた。学校の往復路でしかない狭い時空間の中で路子が温めてきた数えきれる程度の自分の景色は、どのようにしても取り戻せなかった。

代わりに目の前に広がるのはかつて石の中にあった部屋の壁を打ち壊したその跡地である一本の通路と、数多の卒業生の死骸の堆積物で埋まった平野で、この地の土も、咲く植物も、あるいは街も、全て人間の死体から生まれた景色だった。技術の発展はめざましかったが、自転車なども未だ高価で、学生で自転車を持つ層はより遠い新興地に住む者や、比較的裕福な家庭の者だった。

　昨今は掘り出されて後、家族制度や統治に馴染めず街を出た者たちが間隙地や人口減少地で徒党を組み、独自の共同体を作る例などが目撃されていて、そういった落伍者との対立も表面化しつつあった。配給から外された流離民達は農耕に失敗した場合畑荒しを働いたり、近くを通りがかった市街の住民を襲うことが予想され、警官の見回りなども日に増していて、路子も随分息苦しい思いをしていた。外夷化した卒業生達から身を守るため、通学する子供に自転車を与える家庭が次第に増えており、関連して新興地に新たな学校の建設も計画されていた。

　結局と路子は思った。結局規模や枝葉が増えただけで根本の貧乏は何一つこの開拓で解決されてはいないのだった。農耕が発達したとはいえ未だ人肉は欠かせない食料源だったし、資源としてあるいは構成員として石中に眠る同級生達を必要とするため、街や住民も同じ土地に留まり続けることは出来ないのだった。発展と廃棄を繰り返し重たく未来へ移動する街という名の肥えた生物でしかなく、豊かさに見える発達した何かはコストを掛け置き換えた、結局は奴隷に支えられてあるものだった。

どこまで行こうとこの限られた条件の中では他人を食い物にして生き続ける他はなく、その上で手に入ったり楽になった物事については、何かとても悪いことであるように感じられていて、後ろめたさを吸って吐くことと祭りに笑顔で参加すること、両方を自分の中で上手く抱えきれずにいるのだった。そういう感触自体は現世で通っていた中学時代から変わらない自分の下手糞さではあったのだが、かつて路子が抱えきれなかった荷物を歩ける程度にまで軽く錯覚させてくれていたのは、いつでも漫画や何やの存在だった。

天地しかない景色の中を一人で歩いていると、自然と気持ちが暗く塞いだ。見える果てまで土地は開けているのに、かつて石の通路だったこの何もない道を歩いていると、憂鬱と未練がましさで路子は息苦しくなるのだった。

「帰りたい」誰もいないので路子は口にした。一本道だけどこまでも伸びていた。

背後から自転車の歯車の音がして、顔を拭きながら路子は少し低い路肩に逸れた。通り過ぎた自転車の主はやはり学校の制服を来ていて、長い髪をなびかせたその女子は、十メートルほど行くと足でブレーキを掛け、道の先でやがて止まった。

「谷村さん」

呼ばれて噎せつつ顔を上げると、自転車を降りた女子が路子の方へ引き返してきた。

その顔に見覚えがあったので、思わず路子は顔を顰めた。

「今帰りなの」学級委員の植村行子が笑顔で路子に話しかけていた。自転車の籠にかばんを入れていて、少し息が弾んでいるようだった。「早くに出たのに。どうしたの」

「別に」

「そう」相槌して行子は肘を伸ばした。肘の分だけ自転車が動いた。「ねえ、ここら辺最近ヒッピーが出るんだって。送ってくよ。一緒に帰ろう」

何もない帰り道を二人並んで歩いた。

路子から頼んだわけではなかったが、路子のかばんも籠の中に並んでいた。

「お祭り行ってたんだね」路子の手を見て行子がそういった。いわれて初めて路子は花を持ちっ放しだったことに気付いた。行子がどことなく笑っているように見えたので、何か晴らせない誤解をされているような、落ち着かない気分になった。

「千日紅か」花を見て行子がいった。私も貰ったよといい彼女は胸ポケに差した桔梗か何かの花を見せてきた。ちゃんと飾りなよといわれたが、路子は拒んでポケットに入れた。

行子の家は新興地にあるという話だった。この女子と特別の話をしたことはなく、ただ一緒げに思う他には、幾分真面目な印象を付け足していただけだった。

「本当遠いよね学校」自転車を押して行子は路子の左隣にいた。「やってらんなくない」

「別に」

「そう？」行子はふっと笑った。「結構健脚だね」

足は太く丈夫になっていたが、周りと比べても平均的なレベルだった。

「私電車通学でさ」行子がいった。かつての学校についての話だと思われた。「自転車なんて乗るの何年振りだったんだけど、このチャリ乗りにくくて。バランス崩して何度もこけてさ、こんなに何にもないとこなのに。谷村さんも電車」

「ちゃり通だった。家どこ」

「前？　うち府中」行子が答えて、府中というのが字がどうで、場所がどの辺か、意識して初めて自分の地図が真っ白になっていることに路子は気付いた。行子に訊かれてかつての自宅を説明してみたが、十五年暮らしたその街が本当にあったのかも怪しく思えた。

「甘い夢のようだ」話してると、と行子がいった。

「そう」

「ごめん待って。タイヤ外れた」

そういった行子が突然立ち止まり、進んでいた路子も思わず立ち止まってしまった。

タイヤを直しているらしい行子を手伝わず、ただその頭部を路子は見ていた。癖のない固そうな髪に白いものが混じっているので、路子は少しだけ驚いた。

「すぐ外れる方が手入れしやすいんだって。本当かよ」しゃがむ行子が話題を繋いだ。

「私のこと反省会にいったの」

路子は静かに行子に訊いた。自分では静かな声が出たと思った。路子の問いに行子は手を止め、しゃがんだまま路子を見上げて、首を二三度小さく振った（髪を払うため）。

暫く視線を合わせてから再び行子は下を向き、何でもないように「いってないよ」といった。その答は路子にとっては意外で、何故自分のことを彼女が見逃したのか判らなかった。

学校に留まらないこの街の成り立つところとして反省と実践の繰り返しによりより豊かな社会を目指すという考え方が存在しており、社会の指針としても実際に掲げられていた。どこにでもあるような曖昧な言葉だったが、この地に於いては幾度の失敗を重ねても挫折せず少しずつ人から人へ土を引き継ぎまた切り拓いた先人達のように、今この地に生きる自分たちもまた過去から貴重な財産を引き継ぎ試行錯誤の中少しだけそれを改善させてやがて未来へ手渡していこうと、そういう意味のこもった言葉として共同体の綱領としているのだった。故にか生活の端々に於いても反省・実践といったものが殊更に尊ばれて、やがてそれは社会の仕組みにもなったらしく、共有財産であるそれぞれの街は反省会と呼ばれる議会でその運営方針を決定され、反省会の決定は住民全員の方針として強力に実践されることとなっていた。会は階層構造になっており、上位の会でされた決定が下位にある会に降ろされ、その細部をまた議論し、実践・反省、研ぎ澄ますという形式になっていた。学校のような組織もその内にある反省会が運営しており、街を運営する会の方針の下よりよい学校としてのあり方を求めて日々実践と反省を繰り返しており、全ての会はそのように個人でなく街のよりよい形というものに貢献するため、例えばそれに従わず決定や方針に逆らう人間がいた場合も小さい単位の会を開いて反省と改善を求めていった。街で暮らす誰もが最も下位に位置する小規模反省会に所属しており、生活のレベルからこの土地をよりよく作り替えていく作業に参加していて、下位の反省会で提案された意見や行われた実践はまとめ役によって上位組織に持ち帰られ、そこでもう一度省みられ内容を高めていくことになっていた。反省会という呼称がどこから来たかは路子は知らず多分学校生活で生徒の間に持たれた話し合いなどから来ているのだろうという風に考えていたが、授業で習った話では開拓の最初期から反省という言葉は重要な意味を含んで用いられていたらしかった。

過去全ての同級生から受け取ったものを街で暮らす全員の手で、未来の全ての同級生のためにという風に反省会は自任していたが、その実態は中央集権的な構造を有していて、ごく少数の人間の手に必然的に権力が集中する仕組みとなっていた。ある事柄を指してはまだ改善の余地があると下位の組織に反省を促し、拒否権のないままに実践させることが出来、その決定は一方的で、上位のした反省を下位が実践するという構造が取られていた。下位から上位に何かを働きかけるにはやはり実践という形を取るしかなく、ある地区の会員が街の問題点を行動で実践・改善し、その結果が上位に持ち帰られても、それが上位の会にとって都合の悪い変化であれば反省という名目で改めて退けられ、また改悪された指示が下位へ帰ってくるのだった。そのように仕組みとしてはごく一部の人間の思惑が全体へ強制されていく体であり、拒否するという発想自体が反省・改善の対象とされた。

かかる機能不全が数の力で省みられなかったことにも理由があり、誰もが自分の属する閉鎖した小集団の中でルールに則り行動をすることが求められ、その外の構造に目を向けないよう誘導されていたのもその一つだった。自分の上下の組織についてはいびつであれ議論が出来ても隣接する地区などとは直接の交渉が持たれることはなく、横の繋がりが持たれずごく狭い範囲でしか物事の流れが把握出来ないため、街で暮らすものは基本的に守備範囲外の物事の動向に無頓着だった。それはひとえに社会への信頼がなせるもので、自分の見えないどこか遠くに自分の仲間を想像し、自分のように考え自分のように行動するどこかの誰かのために、ただ最善を尽くすことで先人が何もない石の中に一から楽園を築いたように、自分の目の前の最善だけを尽くし続けることがこの世の最大の発明であるかのように、誰もに奨励されていたのだった。その成果であると実際に発展した街並みを見せられて、おいそれとこの考えを否定出来る者は殆どなく、まれに存在する否定論者達は基本的には街の構成員でなく奴隷となり、あるいは解体される運命にあった。善意とルールの下行動出来るものだけが街の住民として招かれ、基本的には善意のままに生きていった。

強い権力を有する者は複数の反省会に同時に所属しており、上位下位を問わず様々なレベルで意志決定に携わっていた。一つの反省会は十人前後で纏められており、調査が可能であればこの土地全体に命令を下す共同体の最上位に位置する人間を十人にまで特定出来るはずだったが、それら特権階級でさえ最下位含め複数階の会合の一参加者であり、一体誰が真にこの土地と人を牛耳っているのか、およそ余人には視覚化されないのであった。豪邸もなし、皆が同じ家に住み、判りやすい権力者像が街のどこにも見ら

れないことから、殆どの人間は尚のこと、皆が皆のために動いて街が運営されていると
いう風に考えていた。
　学生身分である路子は地域の反省会には直接属しておらず、現在は学校のクラス単位
がそれに相当した。その中で取り決めに違反した以上、いつでも反省会の対象とされて
おかしくはなかった。「知ってて報告しなかったら、あなたも罰せられるでしょ」
「そうだね」行子は立ち上がり、路子に向かって行こうといった。直した自転車を押し
て一人で歩き始め、路子を追い抜くと振り返った。「どうしたの」
「庇われる謂れがないよ。あなたと一緒に罰などごめんだ」
　首を振った路子の言葉に、行子は少し考えるようだった。
　その後にいった。「谷村さんは個別反省に行ったことある」
「ない」路子は答えた。学校の反省会の特色の一つが個別反省と呼ばれるもので、指導
者とさしで行われるそこでは折檻による指導が認められており、まつろわぬ生徒は専用
の個室へ送られ、長くて数日監禁され色々な方法で反省を強いられるのであった。
「個別は怖いよ、寝かせてもらえないし、意識が飛んだら水掛けられるんだよ、暗く寒
い部屋に閉じ込められて返事が悪いと靴でぶたれる、酷い時は石の床に裸足にされてそ
れを踏まれたり、蹴り上げられたり、どんな短く爪を切っといても、三日もすれば爪剝

がれちゃうんだよ。そんな具合で先生五人が代わる代わる宙を舞い殴る蹴る、誰でも反省するでしょう。でも反省するほど暴力は激しくなるの。謝罪をやめると暴力は緩んで、だけどいつまでも出られないの、激しくぶん殴られても反省をやめなければ、まじ反省してんだなとなって釈放になるの。最初から反省してても丸一日は叩かれるのよ」

「尚更あなたが庇うの変だ。聞いたよう話す植村さんは受けたの実際に」

「聞いただけ」

「噂かよ」どれだけ真実かと思い路子は馬鹿らしくなった。聞かされれば暴力は怖いが、怖がるままに萎縮するのが天才的とは思わなかった。「したいこととか何もないの植村さんは」

「谷村さんはこの街が嫌なの」

「人も場所も嫌だよ。あなたはここが好きなの」

行子は黙って路子を見ていた。目線が無性に路子を苛立たせた。

「ねえ植村さん図書室のブラックジャックは誰もが読んでいた。超面白いもの。今ここにあれば奪い合いだよ」縋るよう路子は行子に話しかけた。「例えば二度とこの世にないもの、傑作の漫画でなくとも、自分ちに通じる電話とか、好きな人の写真、なか卯の出来立てのかつ丼なんかが今街に降って湧いたとしたら、きっと何人も殺到するだろ。

ほっともっとでもいい、喉から手が出るはずだ、中には誰かぶっ殺したって、どうしてもそれが欲しいって奴だって。おかしくないでしょ。殺し合っても奪い合うんじゃないの。もし数人殺せば手に入るなら、私だったらやったっていい。私何か間違ってる？　それぐらい価値あんじゃん。知らない誰かを殺したとしても、戻りたいのが普通じゃないの？

何でいうこと聞いて卒業試験じゃ駄目だったの。数人殺せば家帰れんならいくらだって私やったよ。十人でも百人でも頑張って殺ったよ、だってやんなきゃしょうがないじゃん。何でこんな何もないとこで閉じ込められて生きなきゃならないの。何でもいいよ馬鹿馬鹿しくても、だってやんなきゃただ死ぬだけじゃん」

行子が血相を変え、握っていた自転車のハンドルを手離した。音を立てて自転車が倒れるのにも構わず、まっすぐ路子に駆け寄ってきた。すぐさま襟を摑んで自分の方に路子を引き寄せ、抗議する口は乱暴に左手で塞いだ。そのまま柔道選手のように道の外まで路子は引っ張り出され、すぐ至近距離に行子の険しい顔があった。路子の口の中には行子の小指がささっていて、冷たい指と爪が舌に触れていた。

「黙ってて」口を塞いだまま行子がそういった。「誰か来る」

いわれて路子も我に返った。街の方から自転車の音が三つほど近付いていた。

通り過ぎるちょうどのところで三つの自転車は足ブレーキを掛けた。

「植村さんじゃない」

一人の女子が行子に話しかけたのでそれがクラスの女子達だと路子にも判った。行子は路子を三人から隠すようにしながら、その問いかけに笑って振り向いた。「やあ」

「どうしたの。この自転車植村さんの？」

「そうだよ」

「そんなとこで何してるの」

「別に」引かれて乱れた路子の襟を整えつつ行子は返事した。「谷村さんと話してたの」

「谷村さん？」

「さっき会ったの」努めて明るく行子は友達に答えていた。リボンを直される間も路子は黙ってじっとしていた。「それだけだけど」

「自転車壊れたの？　手伝おうか？」

「全然全然。気にしないで」行子は笑ってスルーを求めた。庇われたことは路子にも判っていて、だから一先ず沈黙を守った。あのまま憚らず大声で喋り続けて彼女らの耳に入った場合、明日一番の個別送りや、あるいはしめられても不思議ない内容だった。

　石の部屋から掘り出された卒業生はまず特別な検査と講義を受けることになっていて、身体的に恵まれない卒業生はまず検査で分別されその時点で食料となり、合格者は続いて講義を受け、閉じ込められていたという現状について聞かされたり、街で生きる資質を培うことになっていた。元々の開拓民が少数派であったようにこの街で是とされる考え方は卒業式時点の立女の生徒には決して共通のものではなく、そのため講義では学習というよりその生徒の物事に対する価値観を深いところから書き換えるような作業が行われており、試行錯誤の末編み出されたのは講義を通じて心にストレスをかけ変調した意識を肯定することでそれまでの物事に対する価値観を溶かすというやり方で、それ自体は日々目にする程度の軽い洗脳だったが、直前に説明しておいた謎の石部屋の超常現象と結びつけることで強度をもった宗教体験として立ち上がり、卒業生達の自前の神経を効率的に破壊せしめたのだった。特検と特講を終えた者は晴れて街の構成員となり、いずれかで不適格と判断された者は食料乃至奴隷身分とされた。無事合格するということは基本的には街に従順で、かつ有用な人間と見なされた証だった。

　体験による洗脳を経た女生徒達は引き続き学校教育の形で価値観を矯正されていき、路子らが現在この段階だった。擬似的な父母に扶養されつつ（家族の構成も反省会で決定され年長の女子二人が新人の扶養や教育に当る。一定期間でメンバーが交代されることもある）定められたカリキュラムを修めると正式な町民となり反省会にも参加するのだった。未だ品定めの途中であるため学校に於ける落第はやはり奴隷か食肉の対象となり、故に自覚の程度はともかく言動の逸脱は生死に直結していた。生き辛く思えばこそ路子にも多少の自覚はあったが、実際にそれを守ったのは行子だった。

挙動不審な行子と路子を見、倒れて回る自転車を見、邪推するよう女子三人は笑った。おざなりに暇を告げると再び自転車に跨がり、囁きながらその場を去っていった。立ち去り際どいつかが漏らしたお友達という単語が耳に入って、路子は頭に血が上る自分を覚えた。

目上が目下を監視すると目下同士でも監視が常習化するが、この地に於いて和を説く場合他人全員が自分と思えという理屈がよく用いられており、そういう中でも友達という語はまだ生きて用いられてはいたが、お友達という場合には度を超えて親密にする二者の間柄を揶揄する感じのスラングでもあった。特定の誰かとのみ行動を共にする者がいればあの二人はお友達だからと監視あまって軽蔑に近い感情を持たれ、皆が皆にという価値観の裏返しとして、強烈な不利益をもたらされるのであった。

自分を庇って行子まで明確な泥をかぶった形になって、路子ははらわたが煮えくり返る思いだった。

谷村路子の自覚はというとかつてはあまり浮いた話もなく、やれよその学校の誰がどうだとかかっこいい教師や先輩がどうだとか、そういう話にかまけているよう見える級友たちを小馬鹿にしていた嫌いもあり、無駄なエネルギー使ってるななどと余計なことも考えていたのだったが、こういう場所に迷い込んで思い知ったのが周りの空気一つでそんなお喋りは誰一人しなくなるのだという現実、ひいては自分の間抜けさだった。知り合いその人はいないにしてもどうせ同じような出自の集団がかつてあったそういう自分の心をおくびにも出さなくなり、代わりに些細な他人のしぐさをあげつらって揶揄しあうよう振る舞い、私でない誰かが誰かをというような話ばかりが残って、してみると結局彼女らに深い思慕があったというよりは周りの価値観に同調して騒いでいただけで、無駄になじまず余計なエネルギーを使っていた馬鹿は結局自分の方だったと気付かされたのだった。その上でどうしてもなじめなかった何かそういう熱のある感情を、こんな土地まで来て望まず忖度されたかと思うと悔しく、屈辱のようでさえあった。

「行ったね」ほっとしたように行子がいい、やがて静かに手を引き離れた。無事に済んだといわんばかりの態度に、路子の神経は一層逆撫でされた。耳まで真っ赤な路子に気付いて行子は戸惑いを見せた。「大丈夫だよ。怪しまれず済んだ」

「どこが」怒鳴って路子は行子を手で突き行子が二三歩よろけて揺れた。押した手の感触も不快で振り払いながら、荒れる気分のままに路子は踵を返し、道を外れた。

谷村さんと背後で声がした。「どこ行くの」

「うるさい」道を外れ延々続く間隙地の岩場の奥へ路子は分け入っていった。

背後で自転車を起こす音がして、やがて車輪音が後ろを追いかけてきた。平坦な通路を外れると間隙地はでこぼこした岩場になっていて、やがて険しくなるほどに自転車では先へ進めないはずだった。予想通り幾らもせずに追ってくる音は途切れ、怒りにまかせて脳内で罵倒し、路子は行子を振り切った。

想像で三度ほど泣かせた頃に背後から足音と荒い呼吸が追いついてきて、「待って」思わず振り向くとそこに振り切ったはずの行子がいた。遠く自転車が打ち捨てられているのも見えて、路子は相手の正気を疑った。

「どこ行くの」行子がぞっとするような顔で心配して来たので、路子もかっとなり次の瞬間全力で走り出した。「谷村さん！」

「ついてくんな」叫んで路子は岩場に上った。「何なのあんた」

「だって！」行子も走っているらしく声が乱れていた。「どこ行くのってばっ」

「関係ないじゃん」

「心配じゃん」

「何で！」路子は脇腹を押さえた。足を滑らせ擦り剝いたりもした。これまで何度も往復しただだ広い岩の遊び場だったが、こんなに急いで登るのは初めてだった。「うるさい！　来んな！　あっちいけよっ」

「追いはぎに遭うよ、戻って谷村さんどうしちゃったの」

「畜生」路子は怒鳴った。「私がおかしいの。初めは何とも思わなかったよ。ものをいいようにしか説明しないんだもの。頑張って土地を開拓したっていうならすごいことだと普通に思ったよ。でも結局口でいうほど素晴らしくないじゃん。間に色々嚙ましてあるだけで、百人食わすために千人殺して、殺し合うのと変わらないじゃない」

「何もないよりはいいじゃん」

「よっぽど悪いじゃん、まじでいってんの。馬鹿じゃないの全部、こんな街頑張って発展させてどうすんだよ。殺し合う方が建設的じゃん。誰かは脱出出来るもの。誰一人どこへ辿り着かないこんな馬鹿なこと維持するためにあほほど人間食い物にして、それで一体何意味あんの。意味がないからパーティーにすんだろ。本当はそこに何もないから」肺が締め付けられて思わず路子は足を緩めた。止まりかけたが追いつかれなかった。傾斜のある岩場の路子は半ばにいて、十メートルは下を行子が移動していた。大きく一度路子はえずき、また走り出した。

「殺せばいいならそれでよかったのに！」路子は歩きながら涙を拭った。「殺し合いゲームでよかったのに！　この街じゃ一万人殺しても外に出られない。もう二度と家に帰れなくなった。無限の部屋ならこんな浮沈に行き当たらなければよかったのに。何もない一人の部屋でよかったのに！」

ダッシュダッシュで路子は走った。見ると行子は行子ですたこら女子走りしていた。

「お願い待って」小さく行子の呻きが聞こえた。「怒らせたなら謝るから」

「今更だよっ」

「何に」

「全部だよっ。何であんたなんかに庇われるの。関係ないじゃん、私が何しようが勝手だろっ。あんたに迷惑掛けてなかったじゃん、うざいよ何でついてくんの」

「私の」行子が咳き込むのが聞こえた。既に結構な距離を道から離れてしまっていた。未だ路子に追いつけぬところから見て、行子の方も運痴と窺えた。「私のねっ、姉があんたみたい」

「姉っ」「お姉ちゃん」「まじ姉」「じゃない方。こっちで出来た姉、生年は一緒だけど、時間的には私の一個上だった。一緒に家族を拵えさせられて、あなたみたいに偉そうだった」

「だったらどうだよ」

「死んだよ」行子がいった。掠れた声だった。「あなたみたいに特講の後で目え覚めて、色々下手でトラブルにしてある日帰らなくなってどっかでごはんかおかずにされたよ。されたんだと思う。個別のことも姉に聞いたの。個別送られる度抜け殻みたいになって帰ってきて、何かかわいそうで見てらんなかった。別に他人だし端的にあほだったけど私好きだったよあの子。根気あったせいで同じとこぐるぐる回って犬みたいだった、結局食い物だったけど、頭悪い分愛らしかった、愛らしい普通のお姉ちゃんだったよ。このままじゃ谷村さんも同じだよ。後生だから自覚してよ。私あなたの死ぬとこみたくない」

物音がして振り向くと行子が転倒していた。構わず路子は距離を稼いだ。

天から雨が降り出していた。夜になったのだと路子は気付いた。薄暗いままの空間に血の雨と人工の水が今日も降り注いで、一日の終わりを告げていた。（天を掘り広げる奴隷の群れは末期はこうして己を砕き地に降り滋養となるのだった。）

悪い視界を記憶を頼りに進み、その先にある横穴の中へ雨を逃れて路子は入った。ハンカチで頭を拭きつつ背後を窺ったが、行子の気配はなかったので急いで先へ進んだ。

長い洞穴で、大きな石の山の土手腹をくり抜いてあるらしく、真っ直ぐ通路が奥へと延びていた。地面にはごみや何やが色々落ちていて、踏まぬよう路子は進んだ。

ここを見つけたのは一月前、人立入らぬ路子の秘密基地だった。息詰まる街と街との一本道に於いて、一人になれる空間は何よりの宝物だった。長く狭い洞穴の中を路子は静かに進んだ。洞穴の石も光は透かすが、辺りは雨の分薄暗かった。

一番奥の秘密基地に着いた時、入り口方向から足音が聞こえて来た。行子に気付かれてしまったと路子はそれで悟り、同時に自分に逃げ場がないことを知った。迂闊に逃げ込むのではなかったと後悔する内、路子を呼ぶ声がどんどん近付いて来た。

「谷村さん」

長い通路の少し手前、五歩ほど距離を取った位置でずぶ濡れの行子は立ち止まった。

「どこまで」座り込んだまま路子はいった。「どうして中に」

「入り口に花が」行子がいった。ハンカチを出す時に落としたらしかった。路子もそうだが行子も雨に濡れ酷い恰好で、こけた時にか制服を汚し破いていた。胸の花もなかった。

「何この洞穴。あなたが作ったの」痛めたか行子は右足を引きずっていて、顔は戸惑い怯えて見えた。「途中あった死体は何。まさかあなたが殺したの」

「まさか」路子は答えた。「あれがここらのヒッピーだよ。そう古くない、殺し合ってついえたんだろ。恐らくここをねぐらにしてたんだ。私は最近見つけた」

「これがあなたの秘密？」

「そうかも知れない」路子は笑った。「見たでしょ、この街一番の馬鹿があの死体共だよ。やること全く無意味だ。結局どこに逃げられなくても、場合によってはああして殺し合うんだね。一人助かるだけで良心に思える」

「それは何？」

「爆弾だよ」路子は傍らにある小さな箱の山に手を置いた。「箱にそう書いてる。火薬と装置、掘り出た卒業生の所持品の堆積物だよ。どこかでヒッピーが手に入れたんでしょ、判んないけど動くと思うよ。もしかしたらただの小道具かも知れないが、いつかどこかで使う気だったんじゃないの。発想がテロかコントだ」

「谷村さん」

「馬鹿みたいだよ本当。こんな手製爆弾じゃ街一つ壊せない。二度と私たちはここから出られないんだよ」息を整え路子は静かに立ち上がった。「ねえ植村さん君か私か、失われるものに敏感すぎて、立ち去らぬものに鈍すぎる。自分の宝守るのは犬でも出来るよ。犬が街つくりゃ犬さえ幸せになるの？」

「それ以外どうしたらいいの？」行子が額を拭った。

「どうしようもない場所では、仕方なく好きにするしかない」

路子が一歩進むと行子が一歩下がった。

捨てかねていた爆弾などを抱えていることを知られてしまい、もはや路子はただで行子を帰すわけにはいかなかった。そんなものを使う当てなど路子自身にはなかったが、帰ってこのことをばらされればまず間違いなく殺されると思われた。行子が誰にもいわないと約束し、かつそれを路子が確信出来ない限りは、生きて彼女をここから出すわけにいかなかった。

行子は怯え引き攣った顔をしていた。ヒッピーの死体の所持品を拾ったのか、右手に大きな折りたたみナイフを持っていた。老婆心で着いてきた彼女は見る限り酷く狼狽していて、もしこんなものを目にすると知っていたら、路子など庇いはしなかったものと思われた。もしまだ行子に路子を見逃す気があったとしても、この状況では口封じのため自分が殺される危険があり、それを払拭出来ない限りは、路子を逃すのは自殺行為だった。

行子がナイフを見せたので、路子も咄嗟に落ちていた鶴嘴を握った。

遠く洞穴の外の方から弱い雨の音が聞こえて来ていた。薄暗い石の部屋で二人は向かい合い、手足を震わせながら相手の出方を窺い続けた。

出口は行子が押さえているので、路子はどこにも逃げ場がなかった。間隙地自体は路子の庭とはいえ、もし仮にここで行子を殺し、埋めて一人家へと帰れたとしても、行方不明の行子を反省会が探し始めれば、三人の女子に行子といるのを見られているので、ことは隠しきれないと思われた。行子が戻れば自分はまず終わりだが、街へ戻るのは二人でなければならなかった。殺さねば死ぬが、殺しても終わりで、完全に手詰まりの状況だった。

一方の行子は足を怪我していて、出口へ向け走ってもとても逃げ切れる様子ではなかった。路子と違い無事街へ戻れればそれで万事解決だったが、その方法が行子にはなかった。もし仮にここで路子と争い、その結果今以上の深手を負いでもしたら、雨の中一人で街まで戻れるとも思えず、間隙地へ入るのも初めてならば、追ってきただけの道を憶えているはずもなく、無事に家まで帰り着くためには、自分を狙う路子と二人で戻る必要があった。

自分が殺さない限り、相手に殺されるかも知れず、しかし相手を殺せば自分も遠からず死ぬことが予想され、路子と行子の二人は行き詰まることになった。街へ戻るまでの利害の一致だけではこの窮状は切り抜けられなかった。結局行子が密告するのが早いか路子が口を封じるのが早いかということになり、相手がそれを行える内は、互いが互いをこの場から解放出来ないのだった。

自分が知らない相手の部分が二人の心中でぶくぶく育った。自分がしようとしているのだから相手も自分を殺したいはずという、石のよう固い出来合いの猜疑心がどこへも続かない狭く薄暗い通路に充満していた。相手のどこを刺せばいいのかを必死にシミュレートし、何か武器を隠していないか警戒の目で見据えた。

それでもなお、殺しも殺されもせずこの場を二人共脱出しようと思うのなら、自分が殺さないことを相手に確信させ、相手が自分を殺さないことを確信出来るような材料を摑む必要があった。その両方を同時に、永続的に成り立たせなければならなかった。今ここで二人が、互いを真に思い合い、死が二人を別つまでそれを分かち合い続けられない限り、少なくとも、今その証を交換し合うことが出来なければ、この狭い通路から二人の人間が、生きて帰ることは叶わないと思われた。

互いが互いを見つめたままで、どちらもその方法を必死に考え続けていたが、しかしどれほど頭を捻っても、二人共何も浮かばないのだった。

落伍者の外夷化、内部分裂、食糧問題、土地造成のコスト増加、土壌の生産性低下など、開拓地の規模が増大するにつれ多く問題が噴出し、街やその住民を取り巻くようになった。実質規模の拡大は入植の早い段階で頭打ちとなり、その後街ごと移住を繰り返し、規模は違えど移住とも呼べる生活で、そのコストはそのまま卒業生の数で補われた。住民の数は管理されていたが、高齢化の影響で労働力としての奴隷は増やさざるを得ず、人口は増加の一途を辿り、諸問題が限界に達すると今度は放民が始まった。土地開拓者の精神を今一度呼び起こし、新たな楽園を掘り返すべく多くの中期高齢者が遺跡群のそのまた奥未だ開拓を見ぬ過去方向の石の部屋へ向けて長い一本道を旅立っていったが、彼女らがその後どうなったのかは街に残った者の誰にも判らなかった。これより後は街の内のみでなくあらゆる外部で思想を発揮せん、この土地が咲いた花なら一人一人がその種となるのだと、そういう案配で街は住民をその外へ解放していった。身軽になった街とその中心の反省会は鳥の速度で未来方向へと遠ざかっていき、後にはただ広い空間とそこを離れられない山ほどの女子だけが残った。

かつてあった街がその晩年に石室から女子を掘り起こす場合、住民を維持出来ないため用途は奴隷と食料に限定された。より多くの食料とより多くの奴隷という矛盾を成すために、文武と追従に優れた女子を高い純度で選り分ける必要があった。方法としては①石室の扉を開け一人の女子を起こす②先頭となったその女子が貼り紙を読みなんらかの行動を開始する③卒業生らが殺し合った場合最終勝者を外へ出し奴隷とし、死者は食料とする・殺し合いが起きない場合は全員解体処分するという方法が採られ選別が繰り返された。殺し合いで強かった者を人間として優秀とする安易さには疑問の声が上がったが、反省会の決定を覆しまではしなかった。

講堂へ続く狭い通路を歩いていた五八〔水上菜々子〕は気付くと暗い部屋に寝ており見上げる部屋は四角く石で部屋にはドアがあり一つには貼り紙がしてあった。菜々子は全部で七名の女子を起こしその全員で互いに殺し合い、運も含めた行動の末最終的に菜々子が生き残った。人を殺してしまったという気持ちとこれで戻れるのかという戸惑いと幾許かの安堵に包まれていた菜々子のいた一つ過去の扉が開き見知らぬ妙齢の女性が顔を出した。「あなたが生き残りねおめでとう。精一杯働いてね。ここからがスタートだから」突然自分を襲った理不尽な状況下でも判断行動し貼り紙に従い苦胆を飲んで理不尽な試験を成し遂げた数多くの従順な卒業生達は、脱出した先の寂れた開拓地で死ぬまで奴隷として搾取され続けた。

五九〔深町血絵子〕

講堂へ続く狭い通路を歩いていた深町血絵子は薄暗い石の部屋で目覚めた。部屋には二枚ドアがあり、内一方には貼り紙がしてあった。

もう一方の扉が開いていて、そこに見知らぬ女子がいた。知らない女子に先導されて、血絵子はノブのない方のドアをくぐった。

ドアの向こうは同じような作りの部屋で、更に扉が開けられていた。その先にあったゴンドラに乗せられ、気が遠くなるほど通路を遡ると、今度は広い空間に出て、見覚えのないそこは石造りの町だった。

どこか遠くから大勢の人の沸く声がして、雷鳴のように余韻が響いた。卒業式の行方を訊くと、見知らぬ女子は見知らぬこの街について血絵子に語り始めた。

かつて幾人かの女子があったこと、話し合いの結果直接の殺し合いでなく代理の競技で生き残る一名を決めようとしたこと、公平を期すため殺し合い運営委員会が立ち上げられ、公正な試合を運営するべく予定が順延していき、委員の間で汚職が発生し、殺し合いの大方針が鈍化し、時間を稼ぐため集団が開拓を始め、いつしか移動を繰り返すサーカスの一団のような暮らしが始まったこと、この街の寿命はまだ数か月ほどあること、その後はまた流浪の日々が始まることなどが知らされた。

最初に受付で何かに記名登録し、ポイントカードを受け取り血絵子は各建物を順に案内された。石の建造物が全てではなく、通りを進むと布地のテントがいくつも見受けられた。近寄ってみるとテントは制服やブラウス、セーターや靴下、タイツや肌着のパッチワークだった。テントの中では数人の女子が囲われ、バトルロイヤル形式の拳闘が行われていた。

少なくない観客がおり、全員同級生と聞かされた。別のテントでは武器有りの決闘が行われており、次のテントでは縄で繋がれた二者が引き合いをしていた。両者の足元には焼いた炭が敷かれ左右は簡素な柵で塞がれ、互い離れた位置におかれた盥（赤色の水が張られていた）の元へ到達しようと首に結われた紐を逆方向に引き合っているのだった。やがて一方の女子が炭を踏み越え盥に到達し、もう一方の女子は中央地点に設けられた穴に落ちた。落ちた女子は機構で即死出来たらしく、死体は食糧になるという話だった。

別のテントでは高い位置の梁に女子がぶら下がり懸垂を競い合っていて、落下し死ぬ者と一名の勝者を選別していた。次のテントではミリオネアをやっていて、オーディエンスに頼った女子が生存権を失っていた。

かように各競技場で大勢の女子たちが得意なジャンルで互いに競っており、フェアネスのために築いた資源でその人数を合意の下減らしているということだった。合意という部分が大事らしく、ただの殺戮でないフレンドシップと数多の手続きが、彼我の精神を苦界から開放し、基本的人権の回復や死者の鎮魂を可能とせしむという話らしかった。

大きな石壁の建築物はコロシアムらしく、中では大規模な決闘や野球、サッカー、テニス、サバイバルゲームなどで文化的に女子たちが雌雄を競っていた。名プレー、名ジャッジが飛び出す度、順番待ちの観客が沸いた。

コロシアムの裏に作られた石の洋館は現在入口が閉鎖されており、内ではある種のロールプレイングゲームが行われているという話だった。館ではポイント制が導入されており、全員で設定された期限を迎えれば生存権にまつわるポイントが配られ、蓋し間引きを行えば死者分のポイントが最終生存者に譲渡されることとなっていた。他者を出し抜き上手く葬れば退館後ある種の福利厚生に恵まれること(例えば次の競技登録までの猶予準備期間の延長など)になるが、利己に走ったことを他のメンバーに悟られては報復の危険があり、凶器あり毒あり個室あり抜け穴あり、結託あり裏切りあり、出口なし、疑心暗鬼の数日間をいかに振る舞うかといった複雑な手腕を競う競技だった。

閉鎖系でもより広大な空間を使ったサバイバル要素のある生存競技もあり、建物を限定せず街中で行われるマラソン競技などもあるそうだった。トンネル探索型、蛸壺型、ゲーム等々豊富にあり、元いたような何もない石の部屋で、卒業試験ルールで競う者たちもいた。いずれにもポイントレートが設けられ、勝ち抜いた者はポイントに応じて次の競技で有利な条件を勝ち取ることになり、得意な競技をひたすら繰り返す者、複数の競技を渡り歩く者などいるとのことだった。

一つ一つがある種のコミューンであり、独立した文脈があり、コミュニケーションがあるらしく、流行や衰退、消滅や再生を繰り返しつつ、安定した共同体として殺し合いの代理手続きを運営しているということだった。誰のどの勝負にも悲喜劇があり、悔しさがあり、手に汗握る駆け引きがあり、人間らしさの賛美こそあれ、強いられるままに殺し合うような、後ろ向きの退廃感は存在しないということだった。

滅ぶために社会を営む大勢の彼女らは優れた統治の下殺し合いをもうずっと昔から続けていて、たったひとつの椅子を巡って人数を絞りつつ、新たな構成員を無限に取り込んでいるということだった。膨らみ続ける全ての試合予定がいつか奇跡的に消化され切ったならば、全試合に勝利したその一名は、一切の苦しみなく脱出を果たすはずだった。

街のあゆみや各ゲームのルールブック、新規向け攻略ハンドブックを精読し、猶予準備期間の間深町血絵子もいろいろ考え、ゲームに興じて事無く命を落とした。ゲームを拒む者もいたが、その悲哀もまた受け入れられる文化的土壌と蓄積があり、のべ億を越える大量の卒業生たちはあるいは喜怒しあるいは哀楽しつつ、いつか完全に滅びられるその日を迎えるまで、永遠のような長い時間を殺し合いと共食いに明け暮れた。

六十　〔東南条桜薫子〕

「先生はどう思いますか」三段河原花柳子が訊いてきた。「何の目的で私たちは閉じ込められているんでしょう。校長は私たちに何をさせたいんでしょうか。普通に殺し合えって感じなんでしょうか。あまり強制力のある感じはしないんですけど。シチュエーションの設定が下手なだけでしょうか」

「私に訊いても判らないでしょ」

「そうですけど、それを調べるのが私ら研究班じゃないですか」まだ新入りの花柳子は口を尖らせた。「先生は閉じ込められてもう随分長いって聞きました。自説とか、持ってらっしゃるのかなと思って」

「あなたねえ」

「お願い先生教えて大好き」懸命さだけ装って花柳子がしなを作った。見え透いた他人の手と足の動きだったがそう悪い気はせず、可愛い虫を見ている気分だった。彼女の方でも桜薫子のことを同級生とは結局感じないらしく、ふけた自我よりその軽薄さをこそ友達のように思う自分を知られた時、この子は私をどう見るだろうと桜薫子は少しだけ考えた。

「たとえばドアならドアを人なら人を、見ている人がいるとしてだが。きっとどこか高み的な外部から眺めてるんだろう。今この瞬間もね」細い目でそちらを見た。「そうやって眺めること自体が目的なのかと考えたことがあったな。基本的にはやっぱ私らは二人に一人脱出するのが一番なわけじゃない。一番手早く一番利がいい、合理的な振る舞いを前提とするなら二三行で話は終わることになる。長く留まるやつほど馬鹿なんだと思うよ。合理的に動けないというか。合理的に考えられる利口な子は可及的速やかに空間から排除され、抽出した残りの馬鹿に殺し合わせるシステム」

「何でまた」

「ある程度能動的に関わってくれる人でないと成立しないんじゃないかな。たとえば自由に遊んで欲しいなら強制で固めるわけにもいかない。合理性とかあんまなくても個人的に行動してくれて、都合よく状況に能動的に関わってくれる馬鹿ばかり時間当たり大量に抽出出来れば、合理的なルールや阿漕《ソリッド》なシチュエーションを上手に作れなくとも、そちらで勝手に動き回ってくれる。自由度を目一杯まで使って。その上で最終的に要諦に立ち返る。いろいろあった末殺し合う恰好になる。ルールがあるかは判らないけど無限に舞台と人員がいて遥か遠景からこの場所を眺めてれば、様々な殺し合いのお話ならお話がゲームならゲームが種々まるで自動的に生成されて実行されていくような景色がきっと見えるはずなんだ。すぐ終わるものもあれば話が膨らむ場合もある。行動が進歩したり退歩したり。道逸れたり無様立ち枯れたり。シチュエーションだけ作って最初だけ手を入れて、あとは窓とかディスプレイとか見られる媒体があれば何もせずともぼんやり眺めてられる。日々伸びる背を、色づく様を、咲いては枯れる観賞用の殺し合いの種を撒いた無限の庭の移り変わりを」

「何でまた」

「好きなんじゃないそういう話が。それとも全て自生した悪さだったんだろか。最低限人が出てきて最後死ぬならストーリーが出来てしまうからね。出来はともかくにも。若い子がいて閉じこめられて、足りない何かを欲しがって行動するなら自然としょうもないお話が流れてく、のかな？　と思ってたんだけど、んな簡単にはいかないという結論になった」苦しい自説に桜薫子は苦笑った。「そういうのどう思う。私は好きだったたな。自分が当事者になったらどうしようってずっと思ってた。あなたもそうなのかな？」

六一〔押切竹子〕

講堂へ続く狭い通路を歩いていた押切竹子は気が付くと暗い部屋に寝ていた。部屋は四角く石造りだった。部屋には二枚、ドアがあり、内一方には貼り紙がしてあった。貼り紙を熟読した竹子はドアを開け、隣室に寝ている女子を認めるとこれを殺害した。

六二〔手塚Q子〕

講堂へ続く暗く狭い通路を歩いていた手塚Q子は気が付くと暗い部屋で寝ていた。部屋は四角く石造りだった。部屋には二枚ドアがあり、内一方には貼り紙がしてあった。貼り紙を熟読したQ子はドアを開け、十数人の女子でドアを破壊し、破壊したドアで壁を掘削した。ただひたすらに壁だけをくり抜き、ドアを開けないまま百ほどの部屋を移動した。その後開けたドアの数だけ寝ている生徒をそれぞれ解体し、自分たちは試験の内容を果たしたと、どこか上方へ向けて十数人で主張した。

六三〔石田好子〕

講堂へ続く狭い通路を歩いていた石田好子は気付くと暗い部屋に寝ていた。床が固くて腕が痺れていた。ぼんやり周りの明るさが見え、ほんの微かに花が匂った。横向きになって丸まっていて、顔の前のブレザーの袖から中に着た茶のカーディガンが見えていた。腕時計を見ると十時過ぎで、式は既に始まっている時刻だった。

軽いまぶたで二三度瞬き、部屋を見回して辺りを確かめた。一瞬自分で式をさぼったのだったか考えて、すぐにクラスメイトに挟まれて暗い通路を歩いていた自分を思い出した。同時に思い出した苦々しいここ一年の思い出、三年間敵ばかり作り続けたこと、朝起きた瞬間から始まるどうしようもない息苦しさの記憶と、今日一日のことを済ませばいいのに変わらず耐え難かった朝の教室にこれからもこんな気分が死ぬまで自分に溢れ続けるのかもと予感したことなどが、喉や舌や胸元にかけて鈍い痛みの形で返ってきた。いつも通り、体も頭も異常ないと確かめ、ドアがあったのでとりま近付き、ノックしてから静かに開けてみた。

ドアの先にも部屋があり、真ん中の床に女子が寝ていた。長い金髪が顔を隠していて、長い手足が柔らかく曲げられていた。立女の制服で、胸に花があって、自分と同じ卒業生らしいと判断したが、見ない感じの金髪頭だった。制服も（卒業式というのに）着崩したままでいる様子があって、あまり近いカーストの人ではないなと思え、話しかけるのが躊躇われた。逆のドアには取っ手がなく、どうしようか考えていると、寝ていた女子が目覚めたらしく、体を起こして好子の方を見てきた。

「誰」

「あ」ぶっきらぼうにいわれ好子は少し鼻白んだ。「いえ」

「ここどこ？」

「え、知らない」訊ねてきた相手が辺りを確かめ始めたので、この子も知らないのだと遅れて好子は思った。口振り身振り、ウェーブした髪や眉などを見て、怖そうな人だという思いを強くした。

「あなた誰」

「私、石田」

「石田何」

「好子」

「石田さん」石田さんと隣室の子が繰り返し呟き、素振りがやたらに眠そうだった。色白い顔に隈が出来ていて、肌の感じも悪そうだった。「何組」

「二組」

「三年？」

「三年」

「嘘本当？」女子が好子を見て、威圧感があったのでそれだけで怯んだ。先ほどまで降っていた雨の気配が途絶えていて、ここどこなんだろうと改めて好子も思った。卒業式には出たくもなかったが、せめて誰もいないところへ行きたいと考え、しかしどこかへ行くには部屋を突っ切り、向こうの扉を使う必要があった。

「卒業式ってもう終わったの？」

「さあ……」

「終わったのかな、無理して来たのに」欠伸しつつ隣室の女子が好子のいる部屋の方へやって来たのでドアを摑んでいた好子は少しだけ驚いた。やや乱暴に（好子はそう思った）好子の取り付いていたドアを押し開けると、好子が目覚めた方の部屋にその女子はずかずか押し入ってきた。「何ここ。学校じゃないの」

　音がして手を離した鉄のドアが閉まった。殺風景な部屋に二人きりになって、好子は緊張し息苦しさを覚えた。「知らない」

「出られない」ノブのない方のドアを女子は叩いた。その子の匂いが部屋に増えた。狼狽える内に女子が戻ってきて、至近距離から好子を見下ろした。頭一つ背丈が違い詰め寄られた好子が固まっていると不意に襟元を摑まれ壁に押し付けられ、前髪をかき上げられ睨むよう顔を覗かれた。反応出来ずにいるとジャケットの前を開けられてブレザーの中を覗かれ、リボンを引っ張られスカートも掴まれた。

抵抗すると手首を掴まれて、ポケットを探られ携帯や鍵を奪われた。中身の乏しい財布も抜かれ、持ち物を一渫いされ全身を検められた。「やめて」

「本当だ」好子の生徒手帳を見て金髪が呟いた。「同い年なんだ。顔知らないから一年か二年かと思った」

「何」

「私も二組なの」いって女子は手帳を返してきた。「本田加奈子って名前。あなた私知ってる？」

「知らない」わけが判らず好子は目を拭った。

「私もあなた知らない。嘘吐いてんだと思って」だからといい、本田という女子は好子の財布を開け、勝手にカードや診察券を見た。「石田好子さん。鼻悪いの？」

「返して」気付くとわけの判らない状況で、いきなり乱暴にされたので涙が滲んでいた。

壁沿い好子が距離を取ると、本田加奈子は今度は追って来なかった。ノブのあるドアの真ん前に金髪は座り込んで、対角線の壁の隅に、好子もゆっくり座った。

「寝てなくて私」胡坐で本田はいった。「朝までゲームしてそのまま来たんだけど。歩いてたんだ通路。石田さんは」

「私も」てんぱって体温が上がっていた。「気付いたらここに寝てて」

「そうなんだ」本田は好子の顔を見てきた。「やっぱ知らないあなた」

「私友達いないしクラス」

「なの」顔を顰めて本田が欠伸した。「私もだよ。だからかなあ」

　よく判らない会話を二人は交わした。どうでもよさそうに本田が喋り、一言二言で好子が返した。話してみると存外にアンニュイでそう怖い子ではないらしいと本田加奈子について好子は思った。そういう風に誰かを思うのは初めてだった。いわんや見た目の怖い子をやで、相手に半分自分に半分、殆ど好子は困惑していた。

「今何時？」本田は携帯を持っていないらしかった。十時半だと好子が告げると始まってるね卒業式と彼女がいった。「ぶっちゃけあんまり出たくなくて私。石田さんは」

「別にどっちでも」

「出れなくて残念？」

「別に……」

　のそのそ本田が立ち上がり、どこか行くのかと思ってつられるように好子も立った。歩み寄ると彼女もこちらに来て、部屋の中心辺りで二人は互いを見た。あちらはあちらで動いた好子が何かするらしいと思っていたらしく、好子がぼけっとしていると、戸惑うように顔に触れてきた。パーソナルスペースのやたらに狭い子らしく、べたべたと触るのも遠慮がないようだった。

驚いたが、まだ疑われているのかというのもショックで、思わず好子も触られるままにしていた。この場所（どこだろうか？）の変なシチュエーションのせいで自分がおかしくなっているのか、あるいは相手が特殊なのだろうと単純に思った。他の子とは違う特別な子なんだなと考えた時、触られているのが再び恥ずかしくなった。

「石田さんは綺麗な頭をしているね。小さいので目に入らなかったのかなあ」

「うん」馬鹿なと思いつつ論破の言葉が出なかった。目から脳にかけて妙にぼうっとするのでああ何かおかしいなということを思った。元の血色が悪すぎるのもあり異常があるとすぐ赤くなる質で、俯いてみたがつむじから色が透ける気さえした。

「本田さんは人気者だったの？」焦って喋ったら既知の情報と矛盾することを訊ねてしまった。「美人だから」

「私揉めごと起こしてさ」いうと静かに指が離れ、本田が内ポケットから煙草を取り出した。失礼というと離れて火を点け、それを見て好子は少し気が遠くなった。生来狭量で博愛さからも程遠かったが、何が嫌いか問われれば喫煙者とトラックが大嫌いで、煙が吐かれると同時に口を押え、何もいわず隣の部屋に避難した。

密室で窒息しないのかとも思ったが、彼女は周りを気にしないようだった。

「煙草駄目だった」加奈子が訊いた。好子が返事出来ずにいると「怒らせちゃった？」と小さく続けた。扉が閉まって煙は来なかったが、こちらから向こうへも行けなくなってしまった。

互いの部屋を交換した形になっていた。知らず好子は涙ぐんでいた。

「石田さん？」加奈子がいった。「私はそっちに行かないからさ、二人でここでだべってない？　まだ移動したくないんだ私。石田さんはもう行っちゃう？」

「私は」この人とは絶対に友達になれないと思った。却って自分の気持ちが判ってしまった。次一目見えれば自分は何もかも救われてしまう気がして、自分の後ろ暗さを彼女に気取られたくないということを思った。何かエンジンのような自分が原動力にしていたものが奪われてしまい、欠けていた何かが彼女によって根本的に補われてしまった感じがした。「私はいいよ」

「本当？　よかった」

扉越し二人は話し続けた。他に何をするわけでもなく、ただ一緒にいて、とりとめなく時間を潰した。こちらに来てとだけ相手にいい出せず、そうでない話題だと幾らでも言葉に出来た。話すほど何かがちょうどいいと感じ、相手の声がどこまでも心地よかった。

いつまでもといってしまえば嘘になるのだが、気乗りしない式に参加せずに済みそうで、好子は少しほっとしていた。

「いつまでここに？」

「判らないけれど、なるべく長く」

「私はいいよ」

「本当？　よかった」

「あなたはどこかへ行かないの。相手が私で不足はないの」

「このままでいようよ」優しい声がした。「私たちはもう補われたのだから」

本書は2014年3月15日に早川書房より単行本として刊行された作品を改稿し文庫化したものです。また、本書は空白ページなどがありますが、物語上の演出になります。

Self-Reference ENGINE

円城　塔

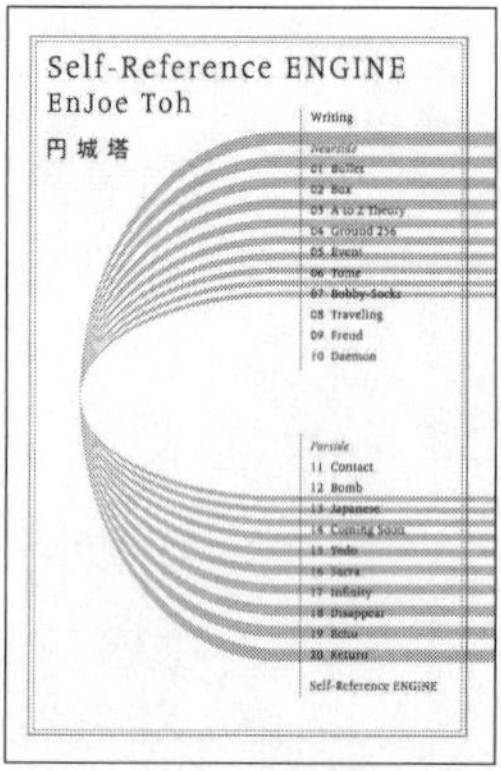

彼女のこめかみには弾丸が埋まっていて、我が家に伝わる箱は、どこかの方向に毎年一度だけ倒される。老教授の最終講義は鯰文書の謎をあざやかに解き明かし、床下からは大量のフロイトが出現する。そして小さく白い可憐な靴下は異形の巨大石像へと果敢に挑みかかり、僕らは反乱を起こした時間のなか、あてのない冒険へと歩みを進める——驚異のデビュー作、二篇の増補を加えて待望の文庫化

ハヤカワ文庫

Boy's Surface

円城 塔

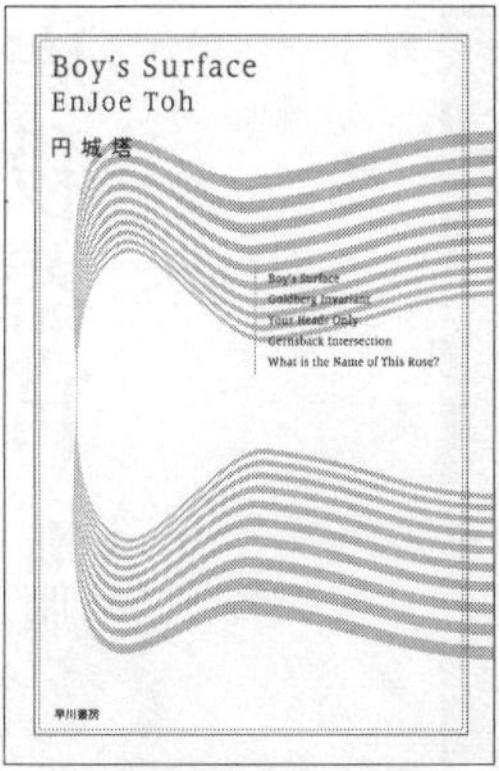

とある数学者の初恋を描く表題作ほか、消息を絶った防衛戦の英雄と言語生成アルゴリズムについての思索「Goldberg Invariant」、読者のなかに書き出し、読者から読み出す恋愛小説機関「Your Heads Only」、異なる時間軸の交点に存在する仮想世界で展開される超遠距離恋愛を描いた「Gernsback Intersection」の四篇を収めた数理的恋愛小説集。著者自身が書き下ろした〝解説〟を新規収録。

ハヤカワ文庫

虐殺器官〔新版〕

伊藤計劃

9・11以降、〝テロとの戦い〟は転機を迎えていた。先進諸国は徹底的な管理体制に移行しテロを一掃したが、後進諸国では内戦や大規模虐殺が急激に増加した。米軍大尉クラヴィス・シェパードは、混乱の陰に常に存在が囁かれる謎の男、ジョン・ポールを追ってチェコへと向かう……彼の目的とはいったい？ 大量殺戮を引き起こす〝虐殺の器官〟とは？ ゼロ年代最高のフィクションついにアニメ化

Cover Illustration redjuice

ハヤカワ文庫

ハーモニー〔新版〕

伊藤計劃

二一世紀後半、人類は大規模な福祉厚生社会を築きあげていた。医療分子の発達により病気がほぼ放逐され、見せかけの優しさや倫理が横溢する〝ユートピア〟。そんな社会に倦んだ三人の少女は餓死することを選択した——それから十三年。死ねなかった少女・霧慧トァンは、世界を襲う大混乱の陰に、ただひとり死んだはずの少女の影を見る——『虐殺器官』の著者が描く、ユートピアの臨界点。

ハヤカワ文庫

著者略歴　1986年東京都生，作家　著書『紗央里ちゃんの家』『保健室登校』『魔女の子供はやってこない』

HM=Hayakawa Mystery
SF=Science Fiction
JA=Japanese Author
NV=Novel
NF=Nonfiction
FT=Fantasy

〔少女庭国《しょうじょていこく》〕

〈JA1382〉

二〇一九年六月二十日　印刷
二〇一九年六月二十五日　発行

（定価はカバーに表示してあります）

著者　矢《や》部《べ》嵩《たかし》
発行者　早川　浩
印刷者　矢部真太郎
発行所　株式会社 早川書房

郵便番号　一〇一‐〇〇四六
東京都千代田区神田多町二ノ二
電話　〇三‐三二五二‐三一一一（大代表）
振替　〇〇一六〇‐三‐四七七九九
http://www.hayakawa-online.co.jp

乱丁・落丁本は小社制作部宛お送り下さい。
送料小社負担にてお取りかえいたします。

印刷・三松堂株式会社　製本・株式会社明光社

ISBN978-4-15-031382-1 C0193

本書は活字が大きく読みやすい〈トールサイズ〉です。